U0125360

开口学古诗

主编 过传忠 杨先国

上海教育出版社

前言

随着整个社会对传承中华传统文化的日益重视，中小学生对古代诗文的兴趣不断提高，语文教学中古诗文所占的位置也日显其重要。然而，由于长期以来重文轻语偏向的影响，在口语中学习、鉴赏与积累古诗文，目前仍赶不上时代发展的需求。有鉴于此，在朗读与吟诵方面有着多年实践与探索经验的本书编者们，郑重提出了"开口学古诗文"的要求，希望学生能把古诗文学习和口语表达训练结合起来，在全社会掀起"朗读热"的有利形势下，把古典文学作品的学习推向一个新的高度。

为了强调"开口"，本书文字版和语音版同步，赏析文字与诵读录音结合。不仅有老师的口语指导，还组织了几位小朋友参与，形成师生互动的场面，以求得教与学双向都能有切实的提高。为了扩大知识面，作品还收录了古诗文吟诵与吟唱的内容，以使"开口"的活动能更加多元地展开，使学生在学习作品的同时，还能提高其教养与素质。

为了提高效率，落到实处，本书力求紧跟教材。对教材中的古诗，本书以"*"标注，或原诗收入，或对节选的作品补充还原。这样既能对学生的学习予以适当地扩展和提升，又不增加他们的负担，引导他们在愉快的氛围中获得进一步的提高。

"开口学古诗"是一套系列丛书，这本书是其中的第一册，具有尝试性的特点，希望能得到专家和广大师生的批评指正，以争取在今后的实践中不断修正提高。

　　此外，下列人员参与了本书的部分工作，在此一并致以感谢。赏析稿编写：潘梓；古诗吟诵：王立群、陈悦、陈皓俊；古诗朗诵：宁皓然、仲钇萱；插图：杨维昌、丁筱芳、马小娟、王曦、车鹏飞、朱新昌、庄艺岭、汤哲明、张秋波、张培础、张渭人、陈世中、陈睿韬、邵仄炯、俞国平、唐逸览、诸黎敏、龚继先、魏志善、魏忠善。

编者

2018.12

目录

数字资源：

1.【名师导学】

著名语文特级教师过传忠先生教你开口读古诗！师生对练，60节音频指导课给你不一样的诗歌启蒙。

2.【古调欣赏】

吟诵是对古诗文的传统诵读方式。本书特邀杨先国先生等专家录制吟诵音频，读读唱唱，正本清源，感受中华传统文化的美和神韵。

3.【小试牛刀】

学完每首诗后，可以将自己的学习成果上传至网上，大家互相学习、取长补短，争做"小小朗诵家"！

咏　鹅[*]

[唐]骆宾王

鹅，鹅，鹅，
曲项向天歌。
白毛浮绿水，
红掌拨清波。

扫二维码，跟着名师念古诗！

项：脖子的后部。在汉字中，颈和项都可以指脖子，但严格地说，颈指脖子的前部，而项指脖子的后部。项链就是戴在"项"上的。

　　几只白毛红掌的鹅优哉游哉地向我们游来，划开绿水清波，弯曲着脖子朝天歌唱。小朋友，你认识它们吗？你喜欢它们吗？你可知道，作者骆宾王写这首诗的时候，只有7岁，与你们现在的年龄一般大小，真了不起吧！他与同时代的诗人王勃、杨炯、卢照邻一起，被合称为"初唐四杰"。

诵读

　　本诗要读得明白欢快，读出白鹅的生命力，读出小作者对白鹅的喜爱之情。

　　开头一连三个"鹅"字，要读出变化。第一个"鹅"带点惊异，第二个"鹅"充满欢快，第三个"鹅"要有点感慨了，带上赞叹的口气，可把语调稍稍拖长。

　　三四两句的对比要读得鲜明。"浮绿水"是一种静态，可以读得慢些，舒缓些。而"拨清波"则是一种动态，充满了生命的活力，可以读得稍快些，响一些，与第三句形成鲜明的对比。

　　这是一个7岁小孩写的诗，一定要读出它的天真可爱。

赠 汪 伦[*]

[唐] 李 白

李白乘舟将欲行，
忽闻岸上踏歌声。
桃花潭水深千尺，
不及汪伦送我情。

汪伦：李白的朋友。踏歌：唐代民间流行的一种手拉手、两足踏地为节拍的歌舞形式，可以边走边唱。深千尺：诗人用潭水深千尺比喻汪伦与他的友情，运用了夸张的手法。不及：不如。

中国诗主张含蓄蕴藉，而这首具有民歌风味的留别诗却绝少含蓄。诗的前两句描绘李白乘舟欲行时，汪伦踏歌赶来送行的情景。诗歌以直呼自己的姓名开篇，坦率、直露，自然地表达出与汪伦间那种朴实、真诚的情感。后两句运用比兴手法，用"深千尺"的潭水来比喻送别之深情，生动而形象，加上"不及"二字，更增强了诗句的动人力量。

这首诗"语从至情发出"，直叙实事，自然质朴，很有情味。《唐诗解》曰："太白于景切情真处，信手拈来，所以调绝千古。"

在朗读时首先要注意，这是一首送别诗，充满了浓浓情意。

前两句用叙述的语调交代作者即将离别。第一句要读出恋恋不舍的意思。第二句一个"忽"字突出作者喜出望外的心情，引出了众乡亲踏歌送行的队伍，这令李白非常感动。"岸上踏歌声"五字要结合得紧凑，成一整体，要读出诗人

的喜悦和感动。

　　后两句由叙述到抒情，完成了感情由外而内的激化，要读出感激之情。"深千尺"和"不及"要呼应、对比，予以强调，再把"汪伦送我情"五字紧密结合，几乎成为一个专有名词，作为一个抒情对象，向它抒发出无比深厚的感激之情。读时无须夸张，越朴实、越深沉，越能表现李白真挚诚恳的深意。

静 夜 思 *

［唐］李 白

床前明月光，
疑是地上霜。
举头望明月，
低头思故乡。

床：与睡觉用的床不是同一概念，有多种说法，较多的是指井台或井栏，现时不多见了。疑：好像。举头：抬头。

这首诗也是李白流传最广、影响最深远的诗之一，是许多中国小朋友学习的第一首古诗。这首诗是一首"怀乡之作"。作者漂泊在外，在一个明月之夜，思念故乡的情感油然而生。而这种情感，不仅唐代诗人李白有，现代人照样也有。许多远离故乡、远离祖国的留学生、打工者，每当听到或自己吟诵起这首五言小诗，常常会忍不住潸然泪下，因为对祖国、故乡、亲人的思念，伴随着这首小诗拨动了心弦。

诵读

这是一首短小的叙事诗，写一位背井离乡之人的亲身经历。照实写来，一定要读得真切上口。

前两句写夜深人静之时，难以入梦的诗人看到了庭院地面上像洒了一片寒霜一样。这个"疑"字很重要，写出了诗人的心理活动。但这一错觉是短暂的，地上本无霜，是明月之光的照射，这才点到月光。于是诗进入后半段。举头，也就是抬头望去，果然一轮明晃晃的圆月挂在中天，不由得让诗人想到了同样被明月照到的故乡，不禁低下头来，进入了沉思。

故乡有什么好思的呢？最让游子牵肠挂肚的还是故乡的人。家乡的亲人啊，他们都还好吗？由举头到低头，这一外部动作体现的却是内心的细腻活动。因此，第三句可读得开朗些，拖得长些；第四句则要收回来，语调要低沉，以表达深深的思念之情。

小　池 *

[宋]杨万里

泉眼无声惜细流，
树阴照水爱晴柔。
小荷才露尖尖角，
早有蜻蜓立上头。

泉眼：泉水的出口。惜：吝惜。照水：映在水里。晴柔：晴天里柔和的风光。尖尖角：初出水端还没有舒展的荷叶尖端或者荷花花苞的顶端。上头：上面，顶端。

这是一幅多么妙趣横生的画面：一道细流从泉眼中缓缓流出，没有一点声息；斜阳下，绿树将树阴投入池水中，斑斑驳驳，清晰可见；娇嫩的荷花刚从水面露出尖尖的角，一只调皮的小蜻蜓已立在它的上头。

短短的一首七言绝句中，却涌动着那么多的爱！有泉眼对细流的怜惜，有树阴对池水的爱慕，更有蜻蜓对小荷的呵护。与其说是泉水叮咚，泉流潺潺，不如说是爱意弥漫，爱意款款。一般来说，这首诗体现出的是前辈对晚辈的怜爱，长者对年轻人的鼓励和信任。

杨万里的诗充满浓郁的生活气息。他主张写诗师法自然，善用活泼的笔调、平易的语言，捕捉景物特征，形成情趣盎然的画面。

这首诗写一湾小小池塘的风景，读时一定要掌握它的无限生机，体现出这一情景独特的诗情画意来。

　　前两句写水，要突出它的"晴柔"。树阴之下，泉水缓缓流淌，幽静而舒缓，可读得轻些、慢些。后两句捕捉到一个特写：蜻蜓立荷尖。荷花还未开，只是一个尖苞，蜻蜓却已发现了，迫不及待地飞来停上，与荷相依相偎，多么亲热。要强调"才露"和"早有"的因果关系，并突出这一有趣的动态。进而与前两句形成对比，色彩更鲜明了，节奏也加快了，令人目悦神怡。

独坐敬亭山

[唐]李　白

众鸟高飞尽，
孤云独去闲。
相看两不厌，
只有敬亭山。

赏析

尽：与王之涣《登鹳雀楼》第一句"白日依山尽"中的"尽"一样，也是逐渐消失的意思。闲：悠闲自在。厌：满足，即"相看两不够"的意思，不是讨厌之意。

李白当年独坐的这座敬亭山，今天依然还在，位于安徽宣城，是一个很多人向往的旅游景点。而许多人之所以把敬亭山作为旅游胜地，李白的这首诗起了很大的作用。其实李白来到敬亭山的时候，官场失意，心情不佳，所以映入他眼帘的是"众鸟飞尽，孤云独闲"的带一点凄凉的景象。但大诗人李白很会调适自己，他把面对的这座敬亭山拟人化了，就像是面对着一位老朋友、好朋友，终日相看也看不够。

在中国文学史上，与李白一样喜欢浪迹天涯、亲近自然的文人骚客很多，能够达到物我两忘、浑然一体的还有一位——宋代词人辛弃疾。他在一首《贺新郎》中写道："我见青山多妩媚，料青山见我应如是。情与貌，略相似。"是不是与李白的诗句有异曲同工之妙啊！

诵读

诗人写前两句是十分孤寂的。鸟飞走了，云飘远了。读时语速不能快，语气里要包含惆怅空虚的基调，要突出处在无人理睬的环境下的孤独。

就这么一味孤独下去吗？不，诗人是积极的，更是浪漫的。他自我解围，终于找到了相处的伙伴——敬亭山。第三、第四两句要有较大的转折，显示出探求和欣慰的情绪。敬亭山本无生命，但诗人把它拟人化了，可以和他交往"相看"，甚至彼此都能毫无厌倦地相处了。最后一句以"只有"打头，把这层寻求安慰得到寄托的情绪再往上推一把，便可读出摆脱孤寂的难能可贵了，基调就落在欣慰上。当然，这只是想象和假设，乐趣有限，不宜渲染得过分，甚至仍可保留一些淡淡的哀愁，因为这才是根本的。

寻隐者不遇*

[唐]贾 岛

松下问童子，
言师采药去。
只在此山中，
云深不知处。

隐者：古代指不肯做官而隐居在深山老林之中有本事、有学问的高人。童子：小孩子，这里指隐者的小徒弟、弟子。药：指长在山中可以做药材的野草、野花等。

这首诗的第一句是作者的提问：请问你的师傅到哪里去了？下面三句是童子的回答：师傅采药去了，他就在这座山里，但具体在哪里我不知道。随着小徒弟的手一指，作者仿佛看到云深之处隐隐约约有个人影，但是不是作者要拜访的主人却又不能确定。

这首诗用的是白描的手法，寥寥数笔就勾勒出一幅图画，表达了诗人期待远离喧闹的尘世，与青山绿水、大自然融为一体的愿望。

诵读

诗是由诗人和童子的问答构成的，诗人问了三次，童子答了三次，但是，后两个问句被省略了。第一句是发问，童子要交代清楚，以明白对象。第二句是回答，重点是"采药"，"去"是助词，不要强调。采药不仅说明隐者的去处，更交代了他的身份——一位济世的高人，使诗人更为仰慕。于是接着问"何处采药？"但问句省去了，因此不能接得太快，要让读者似乎听到这个问句。回答

那句的重音是"只在"，就是说，山并不大，范围不广，给了诗人找人的希望。但再追问下去，问到"山中何处"时，最后的回答就更奥妙了：山虽不大，但很高，云雾缭绕，我也不知到何处去寻师了。这样三问三答，曲折起伏，一句比一句更吸引诗人，也一句比一句更吸引读者。读到"不知处"时，要舒缓轻柔、一字一顿，有种惘然若失、无可奈何的感觉。

后两句侧面反映了诗人急于拜见隐者的心情，更要显示出诗人对隐者高洁风骨的钦慕以及对大自然隐秘奥妙的向往，整首诗的朗读要充满深沉与怅惘的情绪。

悯　农（其一）*

[唐]李　绅

春种一粒粟，
秋收万颗子。
四海无闲田，
农夫犹饿死。

悯：怜悯。这里有同情的意思。粟：谷子。这里指代所有粮食作物。子：植物的籽实。四海：指普天之下。闲：空着，荒芜闲置的。犹：还，仍然。

作者李绅因为悯农诗中"四海无闲田，农夫犹饿死"和"谁知盘中餐，粒粒皆辛苦"的名句，被誉为悯农诗人。

春种秋收，农民四季忙碌。四海的田地都结满了果实，天下已经没有一块闲置的田地了，可那些劳动者还是两手空空，甚至饿死。

典型的生活，熟知的事实，在强烈的对比中，《悯农》刻画了一个不平等的社会所带来的矛盾，道出了百姓之声。

诗的前两句是两幅对照鲜明的农作画面：春种和秋收。虽然劳作辛苦，但由"一粒粟"到"万颗子"的收获，毕竟是喜人的。读时要洋溢着喜悦之情，而且要通过"春种"与"秋收"、"一粒"与"万颗"的对照，强调农业劳动的积极意义。

第三句是一个高潮，指出秋季丰收不是个别的，因为全国范围内闲置的荒田都已被开发了，理应会获得更大的收获，读时要把前面的喜悦之情再往上推，

四時自成歲
何須紀歷誌

戊寅仲夏
榴進昌畫

语调变得高昂，语气充满希望，一派丰收在望、喜上眉梢的情绪。

可是，攀得越高，跌得越重。万万没想到的是，大丰收给农民带来的不仅不是丰衣足食的好日子，反而是"饿死"这样的深重灾难。一个"犹"字要重读，强调这样的灾难已不是偶然的了，是多年生活的重现，意味着农民的悲苦命运"仍然"无法改变。全诗的精华在于这句，这句与前三句形成鲜明对比，一定要把对农民的同情之声、对旧社会剥削压迫农民的不合理制度的控诉之音，充满愤怒且强烈地表达出来。

悯　农（其二）*

[唐]李　绅

锄禾日当午，
汗滴禾下土。
谁知盘中餐，
粒粒皆辛苦。

赏析

锄禾：为庄稼锄草松土。餐：饭食。皆：都。

这是一首脍炙人口、妇孺皆知的小诗。"谁知盘中餐，粒粒皆辛苦"两句更是具有极强的说服力，常常在生活中被直接引用。

烈日炎炎下，农民面向黄土背朝天，汗滴与种子一起被栽入泥土。是农民的辛勤劳作，将"一粒粟"变成了"万颗子"。今天，在我们享用三餐的时候，有谁可曾想到，碗中的米饭，粒粒都是农民血汗的结晶呢？

这首诗是诗人寄予农民的真挚同情，也是他发自内心的深沉感慨。

诵读

四句诗分两部分。前两句描绘了一幅画面——农民冒着夏日正午的骄阳，在农田里为禾苗锄草。"锄禾日当午"五个字要字字清楚，读到"午"时要强调，渲染正午烈日的严酷，读到"汗滴"时要流露出对农民辛勤劳动的同情。"禾下土"，重音落"土"上，说明汗滴是何其多，如同一串串珍珠，连续不断地滴下来，穿过了禾苗，直落到土里。诗句很形象，我们一定要读得很细腻。

后两句是诗人的议论和表态了。眼前的画面刺激了诗人，诗人不由得发出了呼吁：盘中的粒粒粮食都是农民用辛劳的汗珠换来的，"谁知"意为"谁不知

道"，这样浅显明白的道理应该是人人都知道的，谁要是再忽视农民的劳动，再浪费农民用汗水换来的粮食，那是上天不容的，是要遭到人们谴责的。这两句要读得深沉有力，语速放缓，语调带有反诘和控诉。"粒粒"和"皆"都要强调，既是发自内心的深沉慨叹，更是对浪费粮食的达官贵人的无限愤懑，语气中流露的是对农民的真挚同情。只有这样，才能体现这首诗的批判力度，才能解释为什么千百年来它始终会博得人们的共鸣。

风 *

[唐]李　峤

解落三秋叶，
能开二月花。
过江千尺浪，
入竹万竿斜。

解落："解"是个多音字，这里读"jiě"，解开的意思，引申为吹落，散落。三秋：秋季，一说指农历九月。能：能够。二月：农历二月，指春季。过：经过。斜：倾斜。因为要与第二句末字"花"押韵，此处宜读古音，近似于"xiá"。

这是一首很独特的诗，若把诗题隐去，那就是一则谜语。谁能吹落片片秋叶？谁能吹醒朵朵春花？又是谁刮过江面能掀千尺巨浪？吹进竹林能使万竿倾斜？是的，是"风"。看不见、摸不着、闻不到的"风"在作者笔下，变得形象生动而富有生命：吹落黄叶，秋的信使；吹醒鲜花，春的贵人；过江掀起巨浪，这是它在咆哮；入林打斜万竹，那是它在撒野……多么神奇啊，短短四句话，将集淘气、多情、强悍于一身的"风"诠释得淋漓尽致。

这首诗题目是"风"，但全篇没出现一个"风"字。虽无一"风"字，却又处处写的是风。诗的奥妙在此，我们要读出这番奥妙。

诗人实际上用文字画了四幅画，每句就是一幅画。

第一幅是"秋风吹落叶"，眼前要有树叶被吹落的图像。但这风并不大，而且是有些温柔的，要读得轻快些、亲切些。

第二幅是"春风吹花开"，这画面就更绚丽喜庆了。二月里，百花盛开，谁的功劳？风，和煦的春风，它就有这个能力，所以读时要带上夸赞的语气。"二月"是重音，不要轻轻带过。

第三幅画来了个大转折，出现了"江风浪千尺"的场面，风高浪急，掀起千尺的波涛，多吓人啊。这不是与过江的人为难吗？是啊，风有利有害，变化无穷。这句要读出它的狂暴，音调上挑，语气恐惧，充满震慑的力量。

不单是人，对物，譬如对竹林里的竹子，风也是具有威力的。第四幅画写竹林无边无沿，一阵狂风吹来，万竿竹子都会被它刮得倒斜下来，多厉害啊！

这首诗要读得夸张传神，还要带上几分俏皮，"风"就被你读活了，大自然的万物在你面前也就显得更加丰富多彩而有趣了。

春 晓*

[唐]孟浩然

春眠不觉晓，
处处闻啼鸟。
夜来风雨声，
花落知多少。

晓：天刚亮的时候。春晓：春天的早晨。不觉晓：不知不觉天就亮了。啼鸟：鸟的啼叫声。知多少：不知有多少。

春日贪睡不知不觉天已破晓，酣眠中的我被小鸟叫醒。一夜的风雨啊，不知道吹落了庭院里多少娇美的花朵。

《春晓》是一首很有意思的惜春诗。作者写鸟啼声，写风雨声，给我们展现的究竟是怎样一幅春晓图呢？是百鸟争鸣？是落红遍地？诗人明明要表现他喜爱、怜爱春天的感情，却又不说尽，不说透，欲说还休，让读者自己去捉摸、去猜想、去丰富、去补充……小朋友，你看到的是怎样一幅图画？

这首诗是作者隐居时所写，隐居生活使诗人对春天的感受十分真切和细腻，单单凭早晨起床时的听觉就把春天的情景都描绘了出来，充满了丰富的想象。

前两句是第一层，窗外小鸟的鸣叫声打破了诗人的酣梦。鸟鸣不止一处，"处处"的鸟儿都在欢快地啼叫，充满生机的啼声唤来了明媚的春光，读时要表现出喜春的愉悦心情。"不觉"要读出春眠的舒畅和惬意，起句不要太响太高，

始知锁向金笼听
不及林间自在啼
宋欧阳修句 张溪作

"处处"开始高昂，因为人已醒透，喧闹的鸟鸣声也够鲜明的了，第二句结尾"啼鸟"二字就可以上挑、拖长，把这番喜悦之情传达给更多的人。

然而，沿着听觉的轨迹，诗人忽然想到，夜间睡觉时还听到阵阵风雨声，雨打风吹，该有不少春花被打落了吧？第三句是一个转折，由喜悦转为哀怨和感伤，不由得慨叹那些被吹打落地的花朵该有多少呢。第四句结尾时语气就由欣喜转为惆怅，语速转缓，语调也就降抑下去了。

诗人的感情是丰富的，短短四句诗既包含了喜春又表露了惜春，情景交融，富于变化，我们要把这过程琅琅上口地表现出来。

相　　思

[唐]王　维

红豆生南国，
春来发几枝？
愿君多采撷，
此物最相思。

　　相思：题一作《相思子》，又作《江上赠李龟年》。红豆：又名相思子，相思豆，一种生在江南地区的植物，结出的籽结实鲜红浑圆（也有椭圆和呈鸡心形的），晶莹如珊瑚，南方人常用以镶嵌饰物。采撷(xié)：采摘。

这是一首借咏物而寄相思的诗，是诗人王维眷怀友人李龟年之作。因为语浅情深，在当时就已经成为流行名诗了。红豆产于南方，友人也正在南方，在这红豆盛开的季节，作者不禁轻轻地问友人：在你那儿，今春又生出多少红豆来了？希望你多多采集这小小红豆，它可是最能引人相思的啊。这首诗句句话不离红豆，相思之情不言而喻，自然中洋溢着热忱，暗示着对友谊的珍重。诗题"相思"是指相思子红豆，是名词；而诗的末句中的"相思"，已转化为思念友人的动词了。

诵读

这是一首咏物诗，全诗始终围绕红豆展开。因此，一开头那"红豆"两字就要读准了，读出它的形象特征和对它的情感态度。它不大，殷（yān）红微扁，晶莹圆润，不要读得太响。读出它可爱的同时，更要读出对它的珍惜和宝贵之情，又因为它生于南方，相距遥远，第一句一定要读得舒缓投入，才能显出思念的真切。

第二句是寄语设问，这一问句并非真要弄清楚它发了几枝，而是由此进一步表达了对它的关切，意味深长地想象出红豆在盎然的春意中生机勃发的景象。可以读得慢些，边思索边发音，似乎在想象之中，并不要求立刻得到确切的答案，而是沉浸其中，饶有兴味。

咏物是为了思人。第三句由物转人要接得自然，不突兀。亲切地叮嘱友人"多采摘些吧，机会难得啊！"

第四句收了，收在对"此物"的评价上。"此物"后停顿一下，表示在思考，一个"最"字冒出来，具有强调之意。"最"什么呢？最具有相思的意味。不仅因为它本名即为"相思豆"，而且因为它是由情人、夫妇、亲人、朋友……人与人之间交往的真情融化升华而成的，是无价之宝啊。结尾不要夸张，反而要内敛，一字一顿、缓缓地印入内心深处，留下袅袅余音。

鸟 鸣 涧

[唐]王 维

人闲桂花落，
夜静春山空。
月出惊山鸟，
时鸣春涧中。

闲：安静、悠闲，含有人声寂静的意思。空：空寂、空空荡荡。这里形容山中寂静、无声，好像空无所有。惊：惊动，扰乱。时：时而，偶尔。

王维是山水诗大家，他最擅长创造静谧的意境。花落、月出、鸟鸣，目之所见、耳之所闻的景物，让春涧富有生机，充满活力，同时，也更衬出春涧的幽静。要知道，在一定条件下，动之事物所以能够为人们所注意，正是以静为前提的。短短一首五言绝句，让人体味到的是一种恬静的自然、生命的涌动和万物的和谐相处。

第一句写了人和桂花，二者原本是不相干的。但如今细小的桂花落下竟被人感觉到了，竟被发现了。这说明人悠闲无事到注意力已被落桂花这细小的变化吸引。因此，全句要读得舒缓宽松，徐徐而出。人和桂花的形象都不能匆匆而过。

到第二句才交代这是在夜间，在山中。春山之中，如此静夜，岂不格外显得空寂？真令人有万籁俱静之感。"夜静"和"春山空"两个层次都要细细描绘，以给人留下鲜明印象。

第三句的月出打破了寂静。这似乎不太合情理，月光应是毫无声响的。但是，月亮的初升惊动了山林中的鸟类，它们有动静了。可见，此春山之夜已宁静到何地步，连无声的月出都让鸟群感受到了新鲜的变化。读到"惊"字时要巧妙些，小心翼翼些，既要说明山鸟被"惊"，又要交代这"惊"是极细微的，是并不破坏寂静环境的。

第四句把这小小的"惊动"写圆满了。小鸟们被惊动的表现是什么呢？原来是它们不时地在春日山涧中啼鸣几声。其实，万籁俱静的夜空被这偶尔传来的啼声反而衬托得更加寂静了。这句在读出夜景的寂静时，更要显出春夜万物生命的涌动，让人们一同享受大自然的美好与和谐，让读者体会诗人所流露出的淡淡的安适和喜悦之情。

逢雪宿芙蓉山主人

[唐]刘长卿

日暮苍山远，
天寒白屋贫。
柴门闻犬吠，
风雪夜归人。

宿：借宿，过夜。白屋：简陋的房屋。柴门：用树枝等做成的院落的门，在白屋的外圈。吠：狗叫。

全诗寥寥20个字，勾勒出一幅风雪夜归图：一个严寒冬夜的山村图景，一个风雪夜归的人物形象。

暮霭沉沉，大雪纷飞，整个天地白茫茫的一片。旷野茅屋在凛冽寒气中显得更加静谧而孤零。此时，柴门外的犬吠声，打破了夜的寂静。这是多么欢喜，又是多么亲切的声音！这急切的犬吠声不正预示着漫漫跋涉的旅人的归来吗？

前两句写的是作者日暮在山野投宿贫家的事情。"暮"写出了时间，"寒"写出了气候，"苍"和"白"都在写环境，前者写山林的无穷无尽，后者写房舍的简陋。第一句句末的"远"要读得缓慢悠长，渲染环境的无助，第二句句末的"贫"要读得短促急切，判断环境的贫寒，两句又能形成互为补充的对照。但在此荒郊野外能得一"白屋"已属不易，读时还是要露出一丝欣喜之意，不要过于悲怆。

　　后两句的出现是一个跳跃。作者省去了从投宿、安顿到睡下的整个过程，以犬吠惊人睡梦的听觉感受，来侧写天寒地冻的风雪之夜外出之人陡然归来的惊喜和暖意。作者虽卧居"柴门"内简陋不堪，但毕竟已有栖息之地，如今跋涉于风雪之中的旅人夜半归来，虽未亲见，设身处地，也为他感到一片温情暖意。朗读时，"犬吠"可稍作渲染，以强调突如其来，而在描绘了"风雪"和"夜"的冰冷与凄清之后，要着重强调"归"字所包含的温暖和安全，把读者最终引入一个值得回味的境界。

画　鸡*

[明]唐　寅

头上红冠不用裁，
满身雪白走将来。
平生不敢轻言语，
一叫千门万户开。

赏析

裁：裁剪，这里是制作的意思。将：助词，用在动词和来、去等表示趋向的补语之间。平生：平素，平常。轻：随便，轻易。言语：这里指啼鸣，喻指说话，发表意见。一：一旦。千门万户：指众多的人家。

唐寅是明代著名画家、书法家、诗人。《画鸡》是唐寅为自己的画作题写的一首七言绝句。这首诗把鸡这种家禽的神态气质和报晓天性展现得淋漓尽致。

公鸡头戴无须剪裁的天然红冠，一身雪白，雄赳赳地迎面走来。从局部的大红冠到满身雪白的羽毛，强烈的色彩对比中，雄鸡威武高洁的形象呼之欲出。诗人用拟人的手法写雄鸡在清晨报晓的情景——绝不随便啼叫，只要一声鸣叫，便意味着黎明的到来。平时不多说话，但一说话大家都响应，由此也表达了诗人的思想和抱负。

诵读

唐寅就是唐伯虎，是个大才子。这首诗像他的画一样，随手一挥，一只大公鸡就呼之欲出，栩栩如生地跳到纸上了。读前两句时，要把雄鸡的气势显示出来。

　　诗人不是为写鸡而写鸡，这里含有寓意。第三句是个转折，写出公鸡谦虚小心的一面。它虽有才气，但不会轻举妄动，连说话都轻声轻语，这句要读得轻一些，小心一些。但一旦环境改变，条件成熟，它会一改常态，引吭高歌。"一唱雄鸡天下白"，啼声让千家万户都大门洞开——新的一天来到了。诗人借助每天雄鸡都要报晓这一寻常细节，歌颂了才华横溢者平日虽得不到施展的机会，但一旦得到了就能大有作为，他的抱负和影响就会显示出来，给予人们极大的震撼。末一句要读出雄鸡的英气，昂扬有力地结束全诗。

易水送别

[唐]骆宾王

此地别燕丹，
壮士发冲冠。
昔时人已没，
今日水犹寒。

易水：也称易河，河流名，位于今河北省易县境内，当年壮士荆轲与燕太子丹告别的地方。燕（yān）：读平声，国名，地名。发冲冠（guān）：形容人因为极端愤怒，而头发直立，把帽子（冠）都冲起来了，是一种夸张的说法。没（mò）：读去声，死的意思，即"殁"字。犹：仍然。

这是一首送别诗，也是一首咏史诗，描写的是勇士荆轲自告奋勇去刺杀秦王之前与燕国太子丹作别的一刻。这首诗的作者正是7岁时写《咏鹅》的骆宾王。骆宾王一生仕途坎坷，报国无门，在送别友人之际，他发思古之幽情，写下这首诗。诗中表达了诗人对古代英雄的仰慕，寄托他对现实的感慨，同时也倾吐了他那满腔热血无处可洒的悲苦。

诵读

朗读这首诗，关键是要读出它的情绪和气势。诗人处于独特的地点，回忆难忘的史实，联系自己非同一般的处境，精、气、神都是与众不同的。

第一联是回忆。触景生情，娓娓道来，到"燕丹"再重音强调，不要一下子高起显得突兀。"壮士"要读出英气，但还不能过于渲染，要到"发冲冠"时才把慷慨壮烈的气势凸显出来，"冲冠"二字要往上高扬，到高处后再慢慢收回，不要急促，而要让人感到历史的回声在震荡。

"昔时"和"今日"是一组对比，"昔时"由远而近，读时由轻而重。"人已没"仍带追忆色彩，但要充满对荆轲那样的壮士的钦佩仰慕之情；到"今日"，回到了现实，以正视的口气读出相应的力度。"水犹寒"三字则充满了无尽的感慨。千百年来，易水寒到今日，逝去的日子是多么悲凉，与友人的作别又该包含着多少深沉、凝重的慨叹啊。作为满腔情怀的倾吐，"水犹寒"三字要越读越低，越读越内向，让人听了感到余味不尽，久久难忘。

竹 里 馆

［唐］王　维

独坐幽篁里，
弹琴复长啸。
深林人不知，
明月来相照。

独坐幽篁里
弹琴复长啸
美人邀云汉
零乱不成调
乙亥年中秋
杨维昌画

第三句要读得低沉下去，进入沉思，流露出微微的惆怅。

　　然而，情况变了，空寂被打破了，明晃晃的月亮升上来了，照到我身上了。啊，毕竟还是有知音啊，月光的照射不只是清盈柔美的光影的照拂，更是一种充满柔情暖意的关怀和照料啊。令人何等舒畅，何等愉悦。读这句结尾，要如同沐浴在皎洁的月光下，把尽情享受到的美好意境读出，充满了喜悦，充满了自傲，把沉醉其间、陶然自乐、流连忘返的生活充分渲染一番，凝成一种宁静恬淡、超然脱俗的氛围。

池　上[*]

［唐］白居易

小娃撑小艇，
偷采白莲回。
不解藏踪迹，
浮萍一道开。

艇：船。白莲：白色的莲花，荷花，也可指白莲花所结的莲蓬。解：懂得，知道。浮萍：水生植物，椭圆形叶子浮在水面，叶下面有须根，夏季开白花。

白居易是位大诗人，他擅长写长篇叙事诗，也能写短小平易的小品。《池上》如同大白话，抓住一个特定的场景，勾画出一幅小娃采莲图：莲花盛开的夏日里，娃娃撑着一条小船，偷偷地去池中游玩。采到莲蓬的娃娃，得意忘形，大摇大摆划着小船回来……他还真不知道要去隐藏自己的踪迹呢！

全诗交代的是一个小娃撑船偷摘白莲却不懂掩盖痕迹的故事，读时要扣住"小娃"这个形象，跟着他的行为神态处理语句的相应变化。

第一句两处"小"要读得轻快有趣，显出小娃的稚嫩和小艇的可爱。"撑"可读得稍微有力些，描绘小孩撑船的吃力。

第二句"偷采白莲回"，要先强调"偷采"，这是事件的中心。但"偷"字不要读得太顶真，毕竟是小孩子的一种淘气，交代时可带点嘲讽的口气。"回"字则要读得清楚些，拖得长些，表明事正办妥，莲已到手，大功已告成，对小娃的调皮与能干可带些夸赞的语气。

第三句可是个转折了。小娃到底幼稚，事情并未办妥，留下了被人指责的把柄。怎么回事呢？原来小娃只知偷采，却并不明白怎么掩藏踪迹。读到这里，就要读出相应的责怪，但也不要过分，毕竟还是孩子嘛，可带几分嘲笑。

第四句，一切都豁然开朗了，原来"罪责"明显，把柄难掩，池中的浮萍被小艇冲出一条明显的小道，把偷采的路线的痕迹完全暴露无遗了。"一道"不是"一同""一起"的意思，不是副词，它指池中被辟开的一条小路，"开"也不是指莲花开了，而是指池中的浮萍被冲散开了，形成了一条小路。然而，罪证虽然明显，谁又会同小娃娃计较呢？读最后这句，既要读出真相大白，更要读出对孩子的调侃，这才能取得饶有情趣的效果。

乐 游 原 *

[唐] 李商隐

向晚意不适，
驱车登古原。
夕阳无限好，
只是近黄昏。

乐游原：长安（今西安）城南的一块高地，得名于汉初，是当时京城人游玩的好去处。向晚：傍晚。不适：不悦，不愉快。近：接近，快要。

《乐游原》是一首久享盛名的佳作。作者李商隐尽管有满腔抱负和才气，但无法施展。国运不济，让他很不得志。这首诗反映了他的这种伤感情绪。

诗人为了解闷，驾着车子，登上乐游原眺望风景。看到夕阳美景，不禁赞叹道"夕阳无限好"，"无限好"是对夕阳下景象的热烈赞美。紧接着，作者笔锋突然一转，"只是近黄昏"一句，由热烈的赞美转到深深的哀伤之中。这也正是诗人对自己无力挽留美好所发出的慨叹。当代学者周汝昌先生赏析这首诗时动情地说："你看，这无边无际、灿烂辉煌、把大地照耀得如同黄金世界的斜阳，才是真的伟大的美，而这种美，是以将近黄昏这一刻尤为令人惊叹和陶醉！我想不出哪一首诗也有此境界。"

诵读

　　这首诗前两句是一组，叙述交代登原观景的始末。上来就说"不适"，初步定下了这次郊游的基调。由于心情不是很舒畅，想排遣解闷，于是决定驱车登高一览，以求得心灵的解脱、心绪的调整。基于此，两句读句就要平缓恳挚，带有一些排解追求的语气，不必过于强调渲染。

　　在淡淡的氛围中登上古原之后，未料到一片美景忽然出现在自己的眼前。诗人用"无限"一词来修饰这一胜景，既表达了他赞赏的程度，又流露出挽留它永存的意愿，读时要一改前两句的平淡，从"夕阳"开始予以描绘，充满赞赏的喜悦；而发出"无限"一词时，一定要激情满怀、想象丰富，语气挑高并拉长，读出赞美的极致；到"好"字时再缓缓回收，引领读者一同沉浸在余味未尽的美好享受之中细细咀嚼。

　　第四句一开始的"只是"，是一处巨大的转折。夕阳虽好，然而黄昏已近，要不了多久，落日一下，夜幕降临，这美好的一切就会全然被黑暗所吞噬了，多可怕又无奈的现实啊。这一句的转折引出夕阳升降前后的强烈对比，使人们不能不与诗人一同发慨叹：越是美好辉煌的事物越是容易逝去，消逝前的无比华丽几乎成了一种虚幻，何等令人感伤，何等令人惋惜啊！结尾这句要读出这般苍凉沉郁之情，把由赞美到哀伤的感情变化表现出来，把人们引入更深入、更悠远的伤感与惆怅中去。

鹿　柴

[唐]王　维

空山不见人，
但闻人语响。
返景入深林，
复照青苔上。

鹿柴（zhài）："柴"同"寨"，栅栏，此为地名。但：只。返景：夕阳返照的光。"景"古时同"影"，读"yǐng"。复：又。

诗的第一句"空山不见人"似乎是太平常了，但紧接着"但闻人语响"一句，又实在太精妙，顿时，境界全出：杳无人迹的空山，却传来一阵人语声。空山人语，你是否更加体会到山林之寂静呢？前面学过作者的另一首诗《鸟鸣涧》，以"月出惊山鸟"的些许声响和动作来衬托山涧中的安静，采用的是同一种手法。

三四两句由声而色。"返景入深林，复照青苔上"，这一抹斜晖，这一"入"一"照"，似乎给深林带来了一线光亮和一丝暖意。但细细体味：在小小光影与无边的幽暗的强烈对比中，深林的幽暗静寂似乎又更加突出了。你能体会吗？

这首诗调动听觉和视觉，既有分工又有配合，一起营造了独特的环境。

前两句写的是听觉。"空山"自然静，人影都不见哪来什么人声的喧哗呢？然而，就在此时此地，偏偏听到了"人语"的响声，而且，是"但"闻，只听到这响声，是不是很奇怪？读时一定要把"不见人"和"人语响"凸显出来，让"人"

和"语"形成鲜明对照。结果怎么样呢？人"语"响了一阵，人影仍未出现，随着"语"声的消逝，人迹罕见的空山，显得更加幽静了。

后两句写的是视觉。深林终日难见阳光，到处萌生青苔，此刻一抹夕阳返照，照到了青苔上，但也未能持久，不多时也隐去了，而林子则显得更幽深了。这里有两个动词，一个"入"指傍晚夕阳的射入，可读得快些，动感强些；一个"照"是说光铺洒在青苔上，可读得缓些，让读者的视线也随之展得开些。重音不要落在"上"字上，这里的"上"是表方位的虚词，不能当重音，重音是"青苔"。可怜的青苔尽管被夕阳照射，但起不了作用，仍然只能是潮湿的苔类，树林也因它而更幽暗了。

前两句描摹声音，读得轻些、细些，后两句描写画面，读得稍响些、重些。

宿 建 德 江

[唐]孟浩然

移舟泊烟渚，
日暮客愁新。
野旷天低树，
江清月近人。

建德江：指新安江流经建德（今属浙江）西部的一段江水。泊（bó）：停船靠岸；这个字的另一个读音是"pō"，湖泊的泊。渚：水中小块陆地。野：原野。旷：空阔远大。

《宿建德江》是唐代诗人孟浩然的代表作之一。这是一首刻画秋江暮色的诗，是唐人五绝中的写景名篇。

此诗第一句点题，写羁旅夜泊，第二句叙因为"日暮"而添新"愁"；三四两句"野旷天低树，江清月近人"是极富特色的景物：因为"野旷"，所以天似乎比树还低，天幕低垂，好像和树木相连；因为"江清"，所以倒映在水中的月亮好像主动来靠近人，月与人更加亲近。天和树、人和月的关系，两相映衬，互为补充，构成了一种特殊的意境，看似无理的景象，在诗中却显得格外和谐。

第一句交代把小船停泊到雾气笼罩的小洲上，是点题，也是处境的定格。诗人仕途失意，怀着被排斥的满腔忧愤四处漂泊，是心神不定的。一开头就要以缓慢低沉的调子读出词语中包含的情绪。

第二句"日暮"是个关键之词，天都晚了，前途还难定夺，只能又在靠岸的

小船里过夜了。作为一个游子，如此一天又一天挨过，怎能不感到愁闷，怎能不在旧愁上再添新愁呢？读"日暮"时朝下走，"客愁新"要强调"愁"字，而且在"愁"字之后停顿一下，再以哀叹的语调读出"新"来，以添加"愁"的分量。

　　第三、第四两句是写景，要尽力描绘，但景中融情，千万不能忽视了景中所包含的愁绪。从船舱里望出去，感到了旷野天空和矮树的关系。因为大地田野空旷，天空显得低了，甚至低过了树林，这是一幅多么低沉压抑的画面啊，却同诗人的心境正好吻合，要读出所营造的意境。毕竟是夜晚了，清朗的月光升起来了。但诗人在船中，在水边，只能看倒映在水里的明月。水在流，月也在走，似乎与自己越来越亲近了，总算给人带来几分宽慰。读这句时，可稍稍明快一些，表达出排解客愁的愿望。

　　尽管全诗都沉浸在一个"愁"字里，但诗人并未失去自信，并未悲观，因此不能读得过于悲戚，透出些忧愤与惆怅就可以了。

渡 汉 江

[唐]宋之问

岭外音书断，
经冬复历春。
近乡情更怯，
不敢问来人。

岭外：五岭以南的广东省广大地区，通常称岭南。唐代常作罪臣的流放地。书：信。怯：胆怯。来人：渡汉江时遇到的从家乡来的人。

《渡汉江》刻画了诗人久别还乡，即将到家时的复杂心情。所谓"近乡情更怯"，即愈接近故乡，离亲人愈近，就愈担忧，愈害怕，怕到"不敢问来人"。这是一种怎样的矛盾心理啊！诗人被贬岭外，长期没有家人的音讯，思念家人，因而急切盼回家。可诗人又担心家人受自己牵累，怕这种担忧得到证实，因而"情切"变成了"情怯"。

这种矛盾心理，读者只有经过一番认真咀嚼后，才能感受体味，对小读者来说，这种情感很难体会。你可以先把它读熟，背出来，留在你的记忆中。也许几十年以后，你会对"近乡情更怯"有更多的共鸣。

前两句虽只十个字，但从头说来，把这次遭际的全部背景都交代了出来：被贬岭南的困境、与家人音书的断绝、经冬历春漫长的时间煎熬……正是在这样的困境中，诗人才决心冒死一搏，负罪逃亡。读时绝不能快速，而是要字字交代清楚，句句使人明白，还要带上几分保密性的机警和小心，且不可渲染。

在这种气氛中，进入了第三句。既已潜逃了出来，而且路已走了大半，由广东进入了湖北汉江，离家乡河南不远了，而且又遇见了家乡的熟人。照理说，应该是"近乡情更切，急于问来人"了，为什么反而成了"近乡情更怯，不敢问来人"了呢？

这正是诗人当时心理活动的微妙反映，也是这首诗最为吸引人的地方。诗人在逃逸途中，时刻都在"心怯"，为什么越近家乡反而心"更怯"了呢？因为此刻担心的不只是自己，连带家人亲属一起担忧。他们的处境如何？会不会由于我的牵连而遭遇更大的磨难？以前全然不知，一切都还只是预测和猜想，如今马上要到家乡而且就要遇上熟人了，一切将真相大白不可逆转了，岂不更加担忧。这种极富戏剧性的心理变化过程，把诗人对亲人的关切、对自身前途命运的猜度，表达得分外真切感人。读时一定要抓住这种矛盾心态，把"更怯"与"不敢"这几个关键字词准确地描绘出来，才能收到较好的效果。

问刘十九

[唐]白居易

绿蚁新醅酒，
红泥小火炉。
晚来天欲雪，
能饮一杯无？

绿蚁：指浮在新酿的没有过滤的米酒上的绿色泡沫。醅（pēi）：酿造。雪：下雪，这里作动词用。无：表示疑问的语气词，相当于"么"或"吗"。

"绿蚁新醅酒"，米酒芳香扑鼻，甘甜可口。"红泥小火炉"，炉火又增添了温暖的情调。小屋内"绿"酒"红"炉，显得和谐、热烈、温暖。夜幕已经降落，大雪即将到来。在这样一个冬夜，诗人白居易发出邀请，问友人刘十九"能饮一杯无？"你说，结果会怎样呢？是把酒言欢？是不醉不休？是身心俱醉？这是诗人留给人们的联想。

《问刘十九》，在浓浓的生活气息里，传达着真挚的友谊。

本诗前两句其实写的是两个词组：新酒和小炉。但诗人对这两样物件的感情倾向已流露出来。朗读时要饶有兴致地描绘，譬如强调酒的"新"、夸赞炉的"小"（小巧合用）、渲染酒色的"绿"、烘托炉火的"红"，这样，对即将到来的一场小小酒宴的愉悦和期待之情就溢于言表，两句诗所包含的喜乐、轻快与洋洋自得就表达了出来。

是啊，这个场面是不简单的，因为天色已晚，而且马上就要下雪了，能在此

时此刻与挚友围炉小饮，把酒言欢，该是一件多么令人惬意的事情。第三句的朗读除了要强调"欲雪"的环境，以显示来之不易，还要延续上两句的轻快喜悦语气。当然，可读得高一些，亮一些，让人们，包括刘十九这位朋友抓紧时间，切莫拖拉耽误了。

第四句是"以问代请"，问的是"能不能来？"但有了前三句的铺垫，有了主人的准备周到与一片诚意，加之入席后注定会呈现的那股热情暖意、挚友深情，被邀者肯定会求之不得、乐意赴宴的。因此，在读这句时，一定要读出邀请的殷勤和热情，还要流露出一些得意之情，以表达二人之间的融洽关系。使暖意能久久留存不易散去。这句的结构比较特别，一般五言句子都是在第二与第三字之间有较大的停顿，而这句，看来较大的停顿要安排在四五两字之间了。因为"能饮一杯"难以拆散，而作为语气词的"无"，在这里相当于"吗"或"么"，一定要上挑、放大，才能在询问的语气里夹杂上得意之情。

山 中

[唐]王 勃

长江悲已滞，
万里念将归。
况属高风晚，
山山黄叶飞。

滞：停滞，不流通。念将归：有归乡之愿，但不能成行。况：何况。属：读
"shǔ"，是处在的意思；也可读作 zhǔ，恰逢，正当的意思。高风：山中吹来的
风。一说即秋风，指高风送秋的季节。

这是一首写旅愁乡思的小诗。题目"山中"告诉我们，诗人站在山上遥望
长江，有感而发。四句诗中，一、三、四句都在写景，又不是纯粹的写景，而是
情藏于景，借景而抒情。首句写长江，作者因长期羁留，眼中的长江水似乎也
如同自己的境况，迟滞不畅了。作者把自己的悲愁之情注入长江，长江被人格
化了。三四两句写秋风黄叶，看似又在写景，可这萧瑟秋风、飘零黄叶，不正是
诗人的萧瑟心境、飘零旅况的写照吗？诗歌中人格化的景物描写收到了独特的
艺术效果，表现出一种悲凉浑壮的气势。

本诗第一句写景。登山观江，"长江天际流"本当是一泻千里，但诗人把此
时所遭遇到的悲苦情绪融进其中，使长江也似乎凝滞迟缓流不动了，读来一定
要低沉缓慢些。

第二句由不尽的长江望出去，不禁想到了"万里"之外的家乡。"万里"当

47

然是夸张，但所引起的惆怅思乡之情却是真实的、沉重的。思归又归不去，使愁肠更为难解。这句读到"念"时要停顿得长些，然后再无可奈何地吐出"将归"二字，以说明难以实现的苦恼。

前两句是低沉的，第三句应有一个转折，谁知一个"况"字一转，又引来了"高风晚"和"黄叶飞"的画面，低沉更添悲凉了。是啊，时已晚秋，高空秋风的吹刮引得每座山上都黄叶飘零，四处乱舞，正与诗人飘零无定的处境、仕途失意的沮丧相切合，使诗人借景抒情，产生了强烈的情景合一的境界，乱飞的黄叶简直成了诗人自身的写照了。

朗读时，"况属"要重读，提领后面，给人以雪上加霜之感，"高风晚"要放慢，让人体会秋风的萧瑟态势；而"山山"也要尽力描绘出"处处皆然"的浓烈秋景，停顿之后，引出了"黄叶飞"几乎一字一顿的飘零景象，把读者带入一片悲愁苦恼的境界之中，难以摆脱。

忆 梅

[唐]李商隐

定定住天涯，
依依向物华。
寒梅最堪恨，
常作去年花。

天涯：此指远离家乡的地方，即梓州（今四川省绵阳市三台县），作者是河南人。物华：指春天的景物。寒梅：早梅，多于严冬开放。恨：怅恨，遗憾。常：经常，老是。去年花：指早梅。因为在严冬开放，春天凋零，故被称为"去年花"。

"定定住天涯"，"定定"是个俚语，即死死地、牢牢地，用在这里不俗反雅。长期居于他乡，诗人感到苦闷、厌烦和无奈。面对姹紫嫣红的"物华"，诗人依依不舍，不禁忆起不久前凋零的寒梅。

"常作去年花"的"寒梅"多么像诗人自己，早早开放，又早早凋零，以至于待到百花争艳时，它已经没有了昔日的光彩。"寒梅"正是诗人不幸身世的象征。读着读着，我们不禁发现，这首诗中弥漫着一种淡淡的、神伤的情调。

诵读

　　每句诗都有情感的基调。第一句的基调应是郁闷、无聊与无可奈何的悲苦。在这远离家乡几近"天涯"的所在住着，困乏的日子如同被死亡牢牢地钉在异乡一样，何等无趣啊。"定定"要重读，读出一种无奈，"天涯"可拉开，以显示它的寂寥和空旷，传达一种滞留异乡的悲苦之感。

　　就在这样的困境中，春天无声无息地降临了。那鸟语花香的美好景象，使人依依不舍地感到亲切留连，与上一句相比，似乎一切都呈现出清新的春意，形成了鲜明的对比，要读出喜悦追寻的向往之情，"物华"读到结尾时可上挑。

　　第三句出现了重大转折。面对"物华"，诗人不由得想起了先春而开，现已花凋香尽的"寒梅"，如今姹紫嫣红开遍时它已令人遗憾地隐去了。回忆至此，不禁使人凭空添上了一层怨恨。"最堪恨"的"恨"字不是咬牙切齿的仇恨，而是一种由失望转成的遗憾与缺失之情。

　　诗人之所以如此"恨"梅，还有一层原因。就是同寒梅"早秀先凋"一样，诗人正经历着人生因"早慧、早著、早登"攀得越高跌得越惨的坎坷遭遇。事业"早成"之后遭逢的一系列不幸与打击，使他像寒梅一样，不由得多了一层痛悔和怨恨，抱怨起"常作去年花"的命运了。结尾要读出这种黯然神伤的情调。

长 干 曲

[唐]崔 颢

君家何处住？
妾住在横塘。
停舟暂借问，
或恐是同乡。

长干曲：南朝乐府中"杂曲古辞"的旧题。长干：在金陵。横塘：在金陵西南麒麟门外，与长干相近。或恐：也许。

诗的第一句单刀直入："君家何处住"，第二句自报家门："妾住在横塘"。仅仅两句，没有色彩，不加烘托，只是白描，一个天真、大胆、纯朴清新、饶有情趣的女孩便跃然纸上，让读者闻其声见其人。

女孩也许闻到乡音，便急于"停舟"相问，如果真是他乡遇同乡，有缘萍水相逢，那可真是要且行且珍惜了。

崔颢这首诗有民歌风格，以率真见长，写得干净健康。

这是一首乐府诗，全是白话口语，读来琅琅上口，要读出它生动朴实的意趣。

第一句是女主人公——一位撑船的年轻姑娘对邻船男士的提问，要问得自然热情，体现了她率真娇憨的性格。

不待对方作答，姑娘已急切地报了自己的住处——横塘。这固然是天真，同时也反映了姑娘急于了解邻船人物情况的心情，要读出朴素自然的生活气息。

第三句由语言进入了画面。"停舟"是叙述，为打听对方究竟，把船都停了，说明下面的"借问"不是随随便便可有可无的。是啊，长年孤寂无伴的水上生活，倘真能遇见一位同乡结伴而行，该有多好啊。朗读时要读出姑娘"借问"的主动企盼的语气。

答案尚未得到，姑娘已抢先作了猜想，用"或恐"认定了邻船男子"同乡"的可能性，追求之盼溢于言表。读时要语气亲切，语调温婉，流露出一股关心人的温情暖意，使整首诗能充满普通劳动者之间相互关照的美好感情。

这是一个有点戏剧性的小场面，全用白描手法，轻描淡写，颇有生活情趣。读时要舒张自如，环环相扣，切忌浓墨重彩。

题 诗 后

[唐]贾 岛

两句三年得，
一吟双泪流。
知音如不赏，
归卧故山秋。

得：得到，此处指想出来。吟：读诗，吟诵。知音：指了解自己思想情感的好朋友。赏：欣赏。

作者贾岛是个苦吟诗人，著名的典故"推敲"就出自贾岛。这首《题诗后》是作者吟成"独行潭底影，数息树边身"二句后加的注诗。我们熟悉的"才吟五字句，又白几茎髭""吟成五字句，用破一生心""吟安一个字，捻断数茎须"，都是由贾岛的"两句三年得，一吟双泪流"化出的。

诵读

第一、第二两句是一联，对得很工整。前一句是说两句佳句（指"独行潭底影，数息树边身"）思索推敲了三年才得到，后一句则道出了内中的苦辛：每一吟哦，其艰难探求几乎都要双眼热泪滚滚了。

这两句写尽了苦吟的艰辛，虽不无夸张，但毕竟是真切感受，读时要激动、感慨，内心翻腾，述说不尽。"两""三""一""双"这四个数字要设法突出，以渲染硕果来之不易。

佳句来之不易，不知众人反映如何？尤其是那些心心相印的知音朋友，究竟欣赏还是不欣赏呢？第三句由感慨转为猜度和担忧，是啊，后果究竟如何

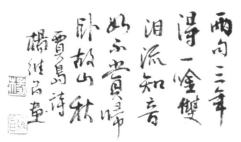

呢？读时语调转为轻缓，内中要包含忐忑不安的情绪。

爱之越深，忧之越甚。倘若知音们确实不欣赏我苦吟的成果，那我只好在这萧瑟的秋风中回到故乡的山居中去静卧休养了，唉，干不出什么事了。这是诗人对前景的最不堪的估计，读时要低沉、哀叹，难以自已。毕竟不希望到达这一步啊。

不管是对成果自我欣赏的得意，还是生怕知己并不欣赏的担忧，都反映了诗人对创作的极端重视与负责，这种全身心都投入的创作态度令人肃然起敬，朗读时一定要把内中的喜怒哀乐传达出来。

绝　句

[唐]杜　甫

迟日江山丽，
春风花草香。
泥融飞燕子，
沙暖睡鸳鸯。

迟日：春天日渐长，所以说迟日。泥融：这里指泥土滋润、湿润。鸳鸯：一种水鸟，雄鸟与雌鸟常双双出没。

这是一首极富诗情画意的佳作，是杜甫在初春时节欢悦情怀的表露。"迟日江山丽"，大处着墨，描绘春明景和的大气象。"春风花草香"，细处点染，补充惠风花香的小温馨。第三句，泥融土湿，燕子叽叽喳喳，忙着衔泥筑巢，一派热闹的春景。第四句，日丽沙暖，成双成对的鸳鸯悠然静睡，享受春光。鸳鸯与飞燕，一静一动，相映成趣，和谐统一。

这首绝句，第一、第二句和第三、第四句分别是一副对子，对仗工整，又不加雕琢，描摹的景物自然清丽。这是杜甫诗中别具风格的篇章，是杜甫定居成都草堂时的作品，是杜甫当时安适心情的反映。

诵读

这是一幅春日美景图，充满了诗情画意。读时一定要细细描绘，并把蕴含其中的温馨愉悦的基调传达出来。

前两句从大处着眼，是个全景镜头，读时一定要沉浸在那令人陶醉的情绪中徐徐道来。

泥融飞燕子
沙暖睡鸳鸯
杜甫诗意 丁酉腊月 莲览画

第三、第四两句则从小处着手，捕捉具体的镜头了，而且，像电影那样，是抓近景乃至特写的。第三句抓到了飞燕，这是动态的美，读时可带一些跳跃感。第四句抓的是一对鸳鸯，这是静态的美，读时要传达春光下万物和谐统一的静谧柔和之美。

上下两部分的巨细对比，三四两句的动静映衬，读时要处理好，以显示作品起伏变化的魅力。

八 阵 图

[唐]杜 甫

功盖三分国，
名成八阵图。
江流石不转，
遗恨失吞吴。

八阵图：由八种阵势组成的图形，用来操练军队或作战。传说为三国时诸葛亮在夔州（今重庆奉节）江滩所设，是诸葛亮为守住白帝城所设计的一种阵法，其遗址在夔州西南永安宫前平沙上。现已被江水淹没。三分国：指魏、蜀、吴三国并存，鼎足而立。本句指诸葛亮在创建蜀国基业、确立三分天下局势中功劳盖世。石不转：指涨水时，八阵图的石块仍然不动。失吞吴：指诸葛亮未能制止刘备吞并吴国的失策。

"功盖三分国，名成八阵图"两句对仗，以"八阵图"对"三分国"，军事上的策略对全局性的功绩，高度概括诸葛亮辅助刘备创建蜀国基业的历史真实，也是杜甫对诸葛亮的评价与颂扬。面对"八阵图"的遗址，杜甫发出"江流石不转，遗恨失吞吴"的感慨。据载，"八阵图"聚细石成堆，排列为六十四堆，六百年始终保持原来的样子不变。这似乎与诸葛亮对蜀汉政权矢志不移的精神相吻合。末句对诸葛亮最终未能完成统一大业感到深深的遗恨。怀古和议论在这首绝句里融为一体。

诗人是对景抒怀，有感而发的。这景就是"八阵图"遗址。朗读一开始，眼前就要有这一视象，坠入对历史的回忆，语速也就快不起来了，要有历史的沧桑感。

前两句是赞颂，杜甫赞颂自己心目中的英雄诸葛亮，基调要高度崇敬。"功盖""名成"后都要停顿，以强调接下来介绍的功绩。"三分国"与"八阵图"是很好的对仗，各自都包含丰富的内容。"三分国"是从总体上肯定诸葛亮"三分天下"的英明主张，这是他在战略部署上最大的成功，读时要宏伟大气，语调上挑，充满豪情。"八阵图"是眼前的具体遗迹，神秘实在，是诸葛亮军事天才的光辉体现，读时更要充满赞赏和佩服的语气，由高而低，由强而弱，缓缓地往心里收，以表达发自内心的由衷感慨。

"江流"与"石不转"是一个转折，也是一个对比，表现了"八阵图"极为神秘的色彩，更显示出诸葛亮一生伟业的辉煌和不朽，要读得明快与有力。

但是，蜀刘的事业毕竟还是失败了，诸葛亮也回天无术，遗恨终身。最大的失误在哪里呢？在于刘备违背了"天下三分、联吴抗曹"的策略，急于吞并东吴，结果统一大业中途夭折，成为千古遗憾。这一句应当读得低沉缓慢，读出惋惜和哀痛的情绪。

全诗由赞颂到惋惜，由敬佩到哀痛，将议论古人与抒发真情融合在一起，读时要让人感到此恨绵绵，余韵不绝。

弹　琴

[唐]刘长卿

泠泠七弦上，
静听松风寒。
古调虽自爱，
今人多不弹。

泠泠（líng）：原意为清凉、清淡，也形容声音清越。七弦：古琴的代称。
松风：以风入松林暗示琴声凄凉。琴曲中有《风入松》的调名。古调：古时的
曲调。

刘长卿清才冠世，但屡屡遭到排挤，不受朝廷重用。《弹琴》这一首诗歌中，
蕴含了他的悲哀与感慨。

清越的琴声，如同风入松林，幽清而肃穆。而这样美妙的音乐，已经被新
乐取代，显得不合时宜。作者听着这清越的琴声，却不由得发出一声叹息：我
虽然爱那古时的曲调，而今又有几人能弹这样的曲子呢？一种知音难寻的落寞
感让人惆怅不已。此时的作者也只能孤芳自赏，自我排遣。

本诗前两句写琴声。琴不是诗人自己在弹，他是在聆听别人弹奏的乐声，
所以有的版本这首诗的标题是《听弹琴》。要抓住这个"听"字，一上来就把诗
人全神贯注、身心投入"静听"的状态描绘出来。更因为琴声是古调，"泠泠"
作响，不是热闹欢腾的旋律，而是如同清风吹入松林那样的给人带来丝丝寒意
的声调，因此，读来要低沉、幽缓，轻轻地、慢慢地，以传达琴声清越而凄凉的

基调。吐字要点送清楚，一词一字，真切入耳。"上"在这里是结构助词，带过即可，不需要拖长或提高来强调。

诗人是热爱古调的，"古调虽自爱"，要读得发自肺腑，真切自然，"自爱"要作为重音，尤其是"自"字，更要突出。但一个"虽"字已预伏了转折，以推出下一句所说的更重要的变化。这句的转折一定要借助"虽"字处理好。

古调虽好，但今人大多不弹了。人们好趋时尚、不弹古调已经成

为无法扭转的现实，古调被新声取而代之。尽管这使诗人这样的"老粉丝"痛苦不已，却已是无可奈何之事了。由此联想起诗人一生的坎坷遭遇，这种不合时宜、被边缘化的感觉又何止琴声一端呢？由此而来的落寞与惆怅情感真是难以排遣了。读时一定要表达这一悲哀与失落的内心感慨。

信 州 水 亭

［唐］张　祜

南檐架短廊，
沙路白茫茫。
尽日不归处，
一庭栀子香。

祜：读"hù"，福的意思。尽日：终日，整天。

诗人漫步在南边的短廊上，眼前沙路白茫茫一片。在平日里不曾留意的地方，栀子花开留下了满庭芳香。

花开花落本是寻常之事，然而诗人敏感的心却往往与花草乃至自然界的万事万物紧密相连：花开则感叹大自然的美好，生命的芬芳；花落则感慨春归何处，韶华难驻。

拥有一双善于发现的眼睛，去观察身边的事物，说不定在你不曾留心的角落，美丽的花儿也在悄然绽放呢！

这四句诗分两部分，两部分形成了鲜明的对比，而对比中诗人却敏感地体会到了一些具有哲理性的奥秘。

先看前两句，那是一幅再寻常不过的画面：户外一条短短的走廊，走廊南边架着一道房檐。檐下是一条沙路，白茫茫一片。总之，诗人用很平实的语言描绘了一幅自然纯朴的画面，读时要朴实真切，不必刻意渲染，也没有必要去强调、突出，一切自然道出即可。

　　再看后两句。第三句是个转折，先把读者引到了一处不同寻常的地方，一处平日人们不大探访、不大走过的所在，那里会有什么新鲜罕见之物呢？语气在转折间要体现一些探求与神秘的口吻。"不归"作为重音要强调，指出是不大去的地方，或许会不同寻常吧？句末不要停得过急，拖得长一些，吸引读者一同探索下去。

　　果然，第四句别开生面，使我们豁然开朗。原来，又大又白的栀子花已经开满了整座庭院，到处都飘散着美妙的花香呢。这句要读得异常兴奋和喜悦，引领读者一同沉浸到栀子花开的美好情景中去。

　　栀子花开的盛景似乎在告诉我们：大自然中的美景多处存在，问题在于我们是否具备善于发现的眼睛。脚步只停留在短廊中，所见无非白沙小路，但只要四处探索，在平时不大去的地方，便自会欣赏到栀子花开这样的美景。两种情景的对比充满了哲理意味：美正等着我们去探寻呢！

塞 下 曲（其二）

[唐]卢 纶

林暗草惊风，
将军夜引弓。
平明寻白羽，
没在石棱中。

惊风：突然被风吹动。将军：指西汉飞将军李广。引弓：拉弓，射箭。平明：天刚亮的时候。白羽：箭杆后部的白色羽毛，这里指箭。没（mò）：陷入，这里是箭头钻进的意思。石棱：石头的边角。

《塞下曲》为汉乐府旧题，属《横吹曲辞》，内容多写边塞征战。卢纶《塞下曲》共六首一组，此为第二首，写一位将军夜里巡逻猎虎的故事。

茫茫夜色下，阵阵疾风中，昏暗的深林里似有猛虎出没。将军毫不迟疑，眼疾手快，搭箭开弓……将军是何等从容，何等镇定啊！

翌日清晨，将军搜寻猎物，发现中箭者并非猛虎，竟是一块巨石，而箭头已钻入石中。可见，将军的臂力是何其大，武艺又是何其高啊！

这是一首汉乐府旧题的民歌，反映唐代军人的边塞生活，写得朴素而又充满豪气。

前两句是描绘，勾勒出西北战地的独特景象：深夜里，林子十分幽暗，风吹过来，草像被惊动了似的，整夜值班巡逻的将军发现，似乎有老虎出没，于是毫不犹豫地拉弓放箭，向老虎射去。这个场面要读得严肃紧张，渲染惊险的气氛。

待到交代将军射出时，则要表现出他的从容、镇定、眼疾手快、毫不迟疑，把语速加快，把力度加强。

两句后安排一个稍长的停顿，因为时间已过去了一段，此刻已经天亮，熹微中该可以寻找到昨夜的战果了。可四处寻找插着羽毛的箭杆，却并无被射中的老虎的遗骸。倒是那块有点像老虎的石头上，它的边缝里插着箭头。哈哈，将军黑夜里把石头当成猛虎了，真是有趣又好笑。读时，第三句要强调那个"寻"字，设下一些悬念，吸引读者关心结局。到第四句时，真相大白，"石棱"要凸显出来，让人们从中体会到战场中的独特情趣。

这是战争间隙中的一个小插曲，尽管将军误将石头看作了老虎，但并没有贬低、责怪他的意思。相反，从夜间发现目标，到天亮看到箭头已射入石缝，都可看出将军高度的警惕、勇猛的作为、巨大的臂力和高超的武艺了，读时，敬仰、佩服之心要贯穿其中。

塞下曲（其三）

[唐]卢 纶

月黑雁飞高，
单于夜遁逃。
欲将轻骑逐，
大雪满弓刀。

月黑：没有月光。单于（chányú）：匈奴的首领。这里指入侵者的最高统帅。遁：逃走。将（jiāng）：把。轻骑（jì）：名词，轻装快速的骑兵。逐：追赶。满：沾满。

这是卢纶《塞下曲》六首中的第三首，写将军雪夜准备率兵追敌的故事，显示出将士们高度的自信。

首句"月黑"交代了时间，"雁飞高"，宿雁惊飞，烘托了紧张气氛。第二句，敌人借月色的掩护仓皇逃遁。三四句，发现敌军潜逃，将军要率领轻装骑兵追击，还未出发，纷纷扬扬的大雪已经遮掩了将士们弓刀上的寒光。多么恶劣的气候，但将士们没有丝毫的退却，他们满怀必胜的信念，奋勇追敌……

追敌的结果如何，诗句没有写，却留给了读者广阔的想象空间。

这首诗实际上是一幅雪夜出征图，从一开始就要注意画面的描绘与渲染。

第一句是色彩十分独特的描写：乌黑的天空，没有月亮。借助鸣啼之声可以看到大雁在往高处惊飞。这个背景，一下子把战事的严峻与紧张烘托了出来。读时，"月黑"要慢些、重些，"雁飞高"要上挑，读快些，读出紧张的气氛。

第二句出现了人物的活动。"单于"是代表，不是一个人，是敌人的一支部队，趁着黑夜仓皇地逃遁。这句要以对敌人仇视与蔑视的口吻读出他们连夜逃跑的狼狈状态，语调往下压。

第三句写到我方了，气氛和基调都应大变，要读出将领们统率骑兵追逐敌人的豪气和信心，"轻骑"要读得响亮，读出将士们的英气，"逐"更要读得昂扬有力，充满着奋勇杀敌出师必胜的英雄气概。

然而，作战的环境毕竟是恶劣的、严酷的，诗人抓住最典型的镜头——大雪，一定要把它读得充分：铺天盖地、纷纷扬扬，充分读出它的力度和气势。而"弓刀"作为特有的道具，作为将士的象征，也要凸显出来：平日令人胆寒的刀光剑影，也被大雪满满地遮盖了。读时，"满——弓刀"，"满"读得慢些、拖些，"弓刀"则要读得短促些，朝下滑，以显示大雪压下的气势。

末句的恶劣气候更反衬出将士们的顽强不屈，尾句三个字要读出袅袅的余音，令人难忘。

新 嫁 娘

〔唐〕王 建

三日入厨下，
洗手作羹汤。
未谙姑食性，
先遣小姑尝。

三日：古代风俗，新媳妇婚后三日须下厨房做饭菜。羹：泛指做成黏稠浓汤的菜肴。谙（ān）：熟悉。姑：指婆母，丈夫的母亲。食性：口味。遣：让，请。小姑：丈夫的妹妹，小姑子。两个"姑"各有所指。

王建善于选择典型场景加以艺术概括，反映现实。他的《新嫁娘》语言通俗凝练，生活气息浓厚，富有民歌民谣色彩。

按照当时的习俗，新嫁娘须"三日入厨下"。"作羹汤"前的洗手，小小的一个动作，颇见新嫁娘的修为。最有意思的是新嫁娘知道，要让婆婆顺眼，讨得婆婆喜欢，这第一次下厨的"作品"可真是太重要了。不知道婆婆口味喜好，先请小姑子品尝，因为她知道女儿最熟悉母亲的食性。细腻传神的白描，将新嫁娘聪慧得体的形象跃然纸上。

前两句叙述古代的一种风俗，读时交代清楚即可，如"三日""入厨""作羹汤"等，通过停顿和重音予以强调，不必渲染。倒是"洗手"二字可略作描绘，以显示在古代封建礼教的统治下，新娘对各项规矩的重视和谨慎。

转折从第三句开始。饭菜做好了，是否合格呢？能否获得公公婆婆的赏识

摺得疏梅香满袖暗喜春红依旧 丁酉夏涓画

呢？由于不了解、不熟悉婆母（一家之主）的口味，未免有些忐忑不安。这句读时要把新娘的内心惶惑与担忧读出来。担忧什么呢？担忧婆婆的反应，因而"姑"字要强调，要拖长，以吸引听者注意。

第四句有趣了，聪明的新娘想出了个好主意：把烧好的饭菜先让小姑子尝尝。小姑子常年与婆婆生活在一起，一定了解婆婆的口味，加上母亲一般都喜欢女儿，饭菜倘能受小姑子欢迎，那就一定能讨得婆婆的喜欢了。

这一番心理活动多么细腻、机敏，甚至还带几分狡黠，但诗中却只有五个字。内心所包含的心计就要靠朗读来传递了。读时要用一些猜度的口气吐出"先遣"二字，停顿一下，再读出"小姑"，要读得响亮鲜明，以表示判断成功，再带出那个"尝"字，朝下走，沉浸在预期效果的欢快之中。

白　鹭

［唐］李嘉佑

江南渌水多，
顾影逗轻波。
落日秦云里，
山高奈若何！

渌（lù）：水清。秦云：秦地之云，如成语"楚岫秦云"即泛指秦楚云山。奈若何：无可奈何。

那一群白鹭是多么令人羡慕！它们自由自在，无拘无束。它们在绿水清波处荡漾嬉戏，时而顾影自怜，时而"逗弄"水花激起涟漪，自娱自乐，好不快活。夕阳西下，它们渐飞渐远，好似融入了晚霞之中，便是高高的青山也奈何不了它们哩！

末两句不加修饰，诗人用自己由衷的感叹，表达出自己对于白鹭自在生活的向往。

诵读

诗题为《白鹭》，但全诗四句二十字中，这两个字却一次也没出现过。尽管没出现，在细读每一句时，白鹭的形象却又是时时栩栩如生地活跃在眼前。这是诗高度想象力的体现。我们要朗读好，一定要向诗人学习这想象力，缺乏想象力，是难以再现这首诗的魅力的。

第一句"江南渌水多"，是为白鹭的活动提供一处环境，读时要描绘这一水区的开阔、清澈，可任白鹭在其中嬉戏，读得舒缓些、宁静些。

第二句，白鹭出现了，是那么活泼、调皮，充满了生命的活力。这句要读得欢快，用起伏跳跃的节奏，把白鹭无拘无束、自由自在的神态读出来，抑扬顿挫，变化多端。

如果说，前两句的背景是开阔的水面，那么，第三句"落日"一转，把人们视线引向高处，引向云端，引向被祥云缠绕覆盖的高山之巅。这是为白鹭提供的又一处环境，更为开阔，更为高敞，要读出它的不同寻常之处。

第四句，白鹭又出现了。它们在高耸的云间干什么呢？在展翅翱翔。夕阳西下，它们渐飞渐远，慢慢融入了灿烂的晚霞之中，高山也挡不住它们，对它们无可奈何。这句要读出白鹭的自由与得意，对一切的不以为然。

全诗充满了对白鹭自由生活的羡慕之情，一定要把诗人对自由生活的向往表达出来。

送　兄

［唐］七岁女

别路云初起，
离亭叶正稀。
所嗟人异雁，
不作一行归。

离亭：驿亭，古代供旅途歇息住宿的处所，人们常在这个地方举行告别宴会，古人往往于此送别亲人朋友。稀：形容树叶稀疏寥落的样子。嗟（jiē）：叹息。

这是年仅七岁的女孩写的送别兄长的诗，浅浅的语句中传达的是依恋不舍的深情。

离别的路上秋云初起，落叶纷纷，一片萧索。而"我"所叹息的是人为什么不能像空中飞翔的大雁，排得整整齐齐，一同飞回家去啊。

这是一位七岁的小女孩写的送别哥哥的情景和感受，读来真挚感人。

前两句交代送别的环境和背景。送别的路上秋云初起，驿亭的四周落叶缤纷，一派落寞萧索的景象。词语浅显，情愫却深。读时要注意语速不能快，语气要较淡，缓缓读出对亲人远去的依依不舍之情。"别路""离亭"要重读，以交代核心情节，"云""起"与"叶""稀"是两幅画面，前幅视野朝上，语调可稍稍扬起，表达空阔惆怅之情；后幅转回来，轻轻收尾，渲染环境的冷落、萧条。

　　第三句注入了一项新的因素：大雁飞来了。大雁是众雁齐飞，排列成行，同飞同止，朝着一个目标行进的。这就自然地引起了小作者的感叹：多么羡慕雁群啊，我和哥哥为什么不能像它们那样，排作一行，整整齐齐地一同飞回家去呢？

　　小作者所嗟叹的内容，将人雁相比，联想自然，感受真切，充满了亲情，把孩童的想法与口吻都显现出来了。读时一定要把握住这些，不要成人化，不要读得老气横秋，一定要天真可爱。

幼 女 词

[唐]施肩吾

幼女才六岁，
未知巧与拙。
向夜在堂前，
学人拜新月。

巧：灵巧。拙：笨拙。向夜：临近夜晚。

《幼女词》是一则妙趣横生的风俗小品。据传，诗的主人公正是诗人施肩吾的小女儿。

旧时风俗，农历七月七日夜妇女在庭院向织女星乞求智巧，称为"乞巧"。幼女不过六岁，根本还分不清什么是"巧"、什么是"拙"，更不知"乞巧"是怎么回事呢！可偏偏就是她，七夕那天，也加入了"乞巧"的行列，郑重其事地在堂前学着大人"拜新月"呢。

幼女拜月，成人的仪式，幼稚的模仿，冲突、滑稽之感油然而生。这个"小大人"的形象着实逗人，有趣又可爱。

幼女的天真无邪在"学人拜新月"中凸显。

首先要对诗中描写的"乞巧"这一场面有所了解。旧时风俗，每年农历七月七日夜晚，妇女要向天上的织女星乞求智巧，称为"乞巧"。

诗作一上来就出现的这位小主人公才六岁，她当然不懂什么叫"巧"，什么叫"拙"。那么，一个不知灵巧与笨拙为何物的小姑娘，面对"乞巧"节日，会有何表现呢？

前两句的交代要读得真实自然，让人相信。这才能引导读者关心接下去的情节，激发人们的兴趣。这当中，"六岁""未知""巧与拙"几个词语要重读，以突出小主人公的特点。

果然，有趣的画面接踵而来。六岁的小女孩尽管什么也不懂，偏也学着大人们的样，郑重其事地加入乞巧的行列，像模像样地祭拜新月来。

这两句读得越顶真、越一本正经，就越有趣。因为这样幼稚的模仿实在滑稽可笑，幼女这个"小大人"的形象也就显得越发天真无邪，越发可爱。

读这两句，要着力描绘渲染，甚至可以带一点夸张。要重读"堂前""学人"。以"拜新月"三字收尾时，要停顿、重读得当，还可带上点欣赏的笑意，以凸显女孩的可爱。

春　怨

[唐]金昌绪

打起黄莺儿，
莫教枝上啼。
啼时惊妾梦，
不得到辽西。

　　黄莺：也称黄鹂、黄鸟，是大自然的"歌唱家"。黄莺鸣声圆润嘹亮，低昂有致，富有韵律，十分悦耳动听。儿：在古音中读"ní"，与"啼""西"是押韵的。莫：不要。辽西：指唐代辽河以西一带。

闺中怨妇怀念远方的丈夫，这是中国古典诗词永恒的主题之一。本诗首句"打起黄莺儿，莫教枝上啼"吸引人的注意。黄莺唱歌甚是动听，为什么要把它打下赶走呢？原来是担心黄莺的鸣叫声惊扰了思妇的梦乡，让她梦不到在辽西戍守边关的丈夫。打黄莺是无理之语，黄莺的叫声未必会惊醒思妇，思妇也未必梦得到远方的丈夫，就是梦到了又能怎么样，两地相隔万里，梦到醒来也只能徒增忧伤。虽明知如此，但她偏要打黄莺，便是做梦梦见也是好的，这就更加体现出思妇对于夫君的思念之情，深得无理之妙。

诵读

题目叫《春怨》，主人公是一位年轻的怨妇，丈夫服兵役去了遥远的辽河以西征战，思念夫君，只能在梦中相会。这一背景与人物一定要把握好，怨妇的口气要好好琢磨。

第一句比较突兀，大清早要打黄莺，读时要把怨妇的恼怒之情传达出来，她在发脾气呢。

为什么啊？黄莺怎么得罪她了？第二句交代了：这鸟儿在树枝上啼叫，女主人公要制止它，不让它叫。这可又奇怪了，黄莺的啼鸣圆润嘹亮，悦耳动听，人们巴不得能听到它的演唱，为什么这女子不许它啼呢？

第三句答案出来了：原来这位怨妇在睡觉，而且睡眠中还在做梦。黄莺一叫，把她的美梦惊醒了，这才惹恼了她。什么梦那么吸引人啊，让她舍不得打断、放弃？

第四句让人恍然大悟：女子的丈夫在遥远的边境服役，思念夫君只能在梦中相会，暂时体会团圆之情。这难得的机遇被黄莺的啼叫打断，从梦中醒来的怨妇能不恼怒吗？

怨妇怀夫，这在古代诗歌中几乎是个永恒的主题，反映了当时兵役制下人民承受的痛苦。但这首诗别开生面，与众不同，采用了层层倒叙的手法，如同层层剥笋，最后才点明了主旨。读时要不断地设置疑问，又要不断地解开疑团。对怨妇，在渲染她的恼怒时也要表达对她的同情。

哥 舒 歌

[唐]西鄙人

北斗七星高，
哥舒夜带刀。
至今窥牧马，
不敢过临洮。

哥舒：指哥舒翰，是唐玄宗的大将。西鄙人：意为西北边境人，相传为唐代五言民歌《哥舒歌》的作者，但不是作者的名字。窥：暗中察看。牧马：吐蕃（tǔ bō）人越境放牧，指侵扰活动。临洮：今甘肃省洮河边的岷县。

本诗是西北边境的民歌，虽然语言朴素，却气势如虹，表达了人民对于英雄哥舒翰的赞美与崇拜。

"北斗七星高"这句妙在烘托出了一种空旷、高远的氛围，在这样的背景下，我们的英雄哥舒翰更显得高大威猛：他身携宝刀，日日夜夜守卫着国家的边疆，保卫着西北的人民。正是因为有他，吐蕃人再也不敢侵犯我们，再也不敢越过临洮。

"七绝圣手"王昌龄曾写过"但使龙城飞将在，不教胡马度阴山"的千古绝唱，与这句"至今窥牧马，不敢过临洮"相比，有异曲同工之妙。

这是一首民歌，流传在西北边境，歌唱着保卫疆土、颂扬英雄的主题，作品的灵魂在此，要紧紧抓住。

第一句，是全诗的大背景，空旷、高远，很有气势。"北斗七星"是一个整

体，人们经常仰视，把它作为宇宙的象征，读时不要拆开，要字字铿锵地点送出来，引起人们的注目。停顿以后，再读出"高"字，要上挑、有力，渲染出国土疆域的广无际涯。

如果说，第一句是从广袤的背景上着笔的话，那么第二句则抓取了具体的典型细节了。哥舒翰这样的英雄出现了，深夜不寐，武器从不离身。漆黑的夜和闪闪的刀光剑影形成一组对比，极好地刻画出英雄们日夜驻守边境、保家卫国的英武形象和博大情怀。读时要充满赞美和崇敬的语气。"夜"和"刀"要突出强调，"夜"朝上扬，渲染夜色浓重，"刀"朝下抑，轻缓的描绘中带上神秘感。

要知道，保家卫国不是一朝一夕之事，是千百年来一刻也不能松懈的事业。所以，第三句开头一个"至今"就强调了这一持久性，接下来的"窥"，指的是暗中察看、监视侦探，不带贬义，要读得高昂有力。"牧马"指代吐蕃人，读时要流露出对敌人的仇恨和蔑视。

最后一句是保卫边境的赫赫战果，要读出胜利的豪气和喜悦。"不敢"读时要朗声强调，语气中甚至可带些笑声，"过"其实指侵犯和挑衅，在交代"过临洮"时要流露欣慰的感情。

江 南 曲（其三）

[唐]储光羲

日暮长江里，
相邀归渡头。
落花如有意，
来去逐轻舟。

日暮：傍晚。渡头：渡口。

诗题《江南曲》，本是一个乐府民歌的旧题，是《江南弄》七曲之一。储光羲一连写了四首《江南曲》，这是其中一首。

"日暮长江里，相邀归渡头"，夕阳西下，船儿悠悠，桨声水声、呼唤声嬉闹声，此起彼伏。这是一个多么热烈欢悦的场面！"落花如有意，来去逐轻舟"，"轻舟"快行，"落花"追逐，"落花""轻舟"紧紧相随、不弃不离的情景，创造的是一个多么美好的意境！自然现象，感情化了，诗化了。归船上的人儿各种微妙的、欲藏欲露、揣摸不定的复杂心理，是否在"落花如有意"中，隐约可见呢？

这是一首乐府民歌的旧题，作者很注意民歌基调的渲染，写来清新、明丽，直抒胸臆，而不遮遮掩掩。

前两句写一幅傍晚归舟的画面，写得真实自然，无雕琢之气。开阔的长江，落日的夕阳，在迷人的晚霞的映照下，一艘艘晚归的小船向码头靠拢，船上的青年男女相呼相唤，桨声、水声、呼唤声、嬉笑声……此起彼伏，热闹欢

快。读时要渲染这幅晚归图多彩明快、热烈欢欣的色彩和基调，表达出愉悦的生活气息。

如果说，前两句是白描，是正面描述晚归的话，那么，后两句，把注意力转移到水中的落花上，借落花追逐轻舟的镜头，从另一侧面刻画青年男女之间的人际关系了。

第三句是个转折。人已登舟，发现了船边的落花一味地跟着船，好像（即诗中那个"如"字）有意要这样做似的。是啊，你有情来我有意，轻舟快行，落花追逐，二者紧紧相随，不离不弃，一种多么美好的意境啊。后两句要读得有情有义，充满欣赏和赞许之情，而不要匆匆带过。

杂　诗（其二）

[唐]王　维

君自故乡来，
应知故乡事。
来日绮窗前，
寒梅著花未？

来日：来的时候。绮（qǐ）窗：雕画花纹的窗户。著（zhuó）花未：开花没有？著花，开花，旧时"著"同"着"字。未，用于句末，相当于"否"，表示疑问。

当漂泊的游子与故乡的友人久别重逢，他的内心一定激动不已，并会有许许多多事情想要询问：父母是否安康？朋友过得是否如意？甚至是儿时伙伴是否已经娶妻生子？但诗人就是诗人，他不急于问这些，只是漫不经心地淡淡一句：你来的时候，那窗前的寒梅开花了吗？似将心中万千思念集于一株寒梅，显出诗人所独有的深情与细腻，言已尽而意无穷。对故乡的草木尚且如此情谊，对于亲友的思念也可见一斑了。

这首诗押的是仄声韵，韵脚是"事"和"未"二字。

这首诗前两句说得十分自然质朴。您从故乡来，当然应当知道故乡的事情，道出了请教、询问的缘由。而两句中都有"故乡"二字，如此不怕重复，说明他此时的内心，已全被故乡占有了。读时要着重强调"故乡"，这样，急于打听的心态就由缓到急地流露出来了。

急于打听什么呢？出人意料的是，此刻他首先记挂的却是窗前的那棵梅树

是否已经开花了。他眼前似乎已呈现出这棵梅树，而对它的关切和惦念更是溢于言表，所有亲朋好友都及不上它了。读时，一定要把这番关切、惦念的深情读出来，并要着意描绘"寒梅"和"著花"这两个形象，把它凸显出来。

寒梅真那么重要吗？是的，因为此时此刻，它已经成为故乡的一个象征了。诗人心中的万千思念都附在它身上，树下的人，树后的屋，开花时赏梅的欣喜，落花后周遭的空寂……所有的一切，好像都与它挂上了钩。这时诗人的眼前绝不是一棵孤零零的树，而几乎是家乡的一切了。读到最后那句问句时，那个"未"字一定要拖长，要赋予丰富的内涵，让它久久回荡着诗人通过草木传达的对亲友们的深切怀念和情谊。

从 军 行

［唐］令狐楚

胡风千里惊，
汉月五更明。
终有还家梦，
犹闻出塞声。

胡风：胡地之风。中国古代称北边或西域少数民族居住地为胡。五更（gēng）：古人将一夜分为五个时段，每更约两小时，用鼓打更报时，"五更"换算成现代时间约为3—5点。还（huán）家：回家。塞（sài）：边界上险要的地方。

首句谈"胡风"之强劲，侧面烘托战士作战环境之艰苦。次句以"汉月"对"胡风"，胡汉两地相隔千里，空间上营造出一种苍茫的感觉，汉月也暗示着战士对于故乡的思念。当时正值五更，战士们犹在梦乡，而他们所梦见的正是回到家乡。然而边塞的号角已经吹响，又是新的战斗。

全诗环环相扣，从"胡风"到"汉月"，"还家梦"到"出塞声"，展现出了戍卒思乡之切，具有极强的感染力。

"惊""明""声"三字押韵，押的是平声韵。

诵读

这是一首唐代的边塞诗，反映的是守边将士的征旅生活，读时要注意诗作所描绘的边塞环境和所刻画的人物胸怀。

前两句写大漠风情，读时除了要抓住"风"和"月"两个词，更要把"胡""汉"两字强调出来，这才能引起听众的联想，"千里""五更"都要绘声绘色，而"惊"要用力、上挑，"明"则要下降、转弱，以显示环境的模糊。

这真是一处艰苦的环境啊，连做梦都做不踏实，边塞出征的号角声打破了寂寞，也惊醒了思乡的美梦，新一天的战斗生活又开始了。

如果说前两句写的是天，是景，那么，后两句写的则是人了。但他没有正面写战士的活动，而巧妙地取材，写战士的酣梦，梦中"还家"，说明战士对家乡的思念之切。然而，连这么一点"享受"都不能持久，天不亮就被军号声惊醒了。后两句要读得比前两句更加严酷、悲壮。第三句是个转折，"还家梦"可以读出些亮光，稍感欣慰，但一句"出塞声"却打破一切，无法扭转的艰苦生涯又降临到眼前了。读时，"终"和"犹"之间的内在联系要表达出来，"终"不是结局，依稀听到的军号声才是真正的现实。

江 南 曲

〔唐〕李 益

嫁得瞿塘贾，
朝朝误妾期。
早知潮有信，
嫁与弄潮儿。

江南曲：古代歌曲名。此诗与前面储光羲的《江南曲》一样，都是借旧题抒写新鲜的内容。瞿塘贾（gǔ）：在长江上游一带作买卖的商人，贾：商人。妾：古代女子自称的谦词。潮有信：潮水涨落有一定的时间，叫"潮信"。弄潮儿：潮水涨时戏水的人，或指潮水来时，乘船入江的人。"儿"此处宜读作"ní"，是古时的读音，与第二句末字"期"押韵。

这首闺怨诗以一位商人妇的口吻，传达了她的心声。"我"嫁给了一位商人，每天站在江水边等待着他的音信，却每每失望而归。如果早知道潮水这么有信用，当年还不如嫁给弄潮儿呢！

全诗妙在后两句，将商人的音信与潮信联系在一起，由潮水的有信联想到"嫁与弄潮儿"，这分明是不合情理的话。而正因其无理，却更展现出了商人妇对于夫君的由爱生怨，将妇人对于夫君的思念与埋怨体现得淋漓尽致。

这是一首乐府民歌，写来直白坦率，充满生活气息。

这首怨诗是以一位商人妻子的口吻写的，抱怨在外经商的丈夫经常约期未归，害得她独守空房，岂不令人恼怒。这种情绪和出征之人的妻子抱怨丈夫长久

不归颇为相似，但征战由不得人，而经商毕竟是个人之事，因此，这里对丈夫的抱怨当更为强烈。

前两句虽为抱怨，但还比较平缓，实实在在地交代事实。读时，"瞿塘"一词可强调，以说明路途遥远，回归不易。而第二句的"朝朝"也要突出渲染，以说明不是偶然，而是经常之事了。"误"是实质性的动词，要读得有力，抱怨之情顿时更强，有火上浇油之势。

到了第三句，火气真给挑起来了。由一般的叙述转为带情绪的发泄，语调也要比前两句提高。发泄什么呢？"再这么下去，我要改嫁了！"嫁给谁？嫁给"弄潮儿"。这当然是气话，但也足见主人公的恼怒与伤心程度。读时，第三句的"有信"的"信"和第四句"嫁与"的"嫁"字要强调，这是实质性的，而"弄潮儿"要读成一个完整的词，不要拆散，语音语调都是渲染，还要带上一点嘲讽的口气，表示"你看我会不会？"其实，因为爱之深才责之甚，她怎么会改嫁呢？气话而已。

"弄潮儿"的"儿"若读古音应读"ní"，与第二句的"期"押韵。但若照普通话读，就不必考虑了。

山村咏怀

[宋]邵 雍

一去二三里，
烟村四五家。
亭台六七座，
八九十枝花。

去：指距离。烟村：被薄雾笼罩的村庄。亭台：泛指供人们游赏、休息的建筑物。

这是一首很特别的诗，诗歌巧妙地以"一"字打头，将"二三""四五""六七"和"八九十"嵌于句中，数字与小路、烟村、亭台、鲜花被编织在一起，每句中还分别安排了"里""家""座""枝"等量词。我们走在乡间的小路上，只见炊烟袅袅，亭台座座，鲜花朵朵，这是一幅多么自然朴实的山村风景画啊！

此诗属近体诗五言绝句，把从"一"到"十"的数字均嵌入诗中，又符合近体诗格律中平仄声交替、对立、相粘等规则要求，作者很有本事！

这首诗最突出的特点是把一到十这十个数字，依次嵌入了四句诗中。虽然如同文字游戏，但由于安插得十分自然流畅、合情合理，令人在欣赏作品趣味性的同时，也领略了旅人进入山村后所接触到的一幅幅画面，要读出山村生活的幽静与美好。

第一句写跨入山村后安步当车缓缓行走，第二句写已看到炊烟袅袅的一个村有四五户人家，途中且有六七座亭台可供人休息，路两旁还有各色花朵开放，数数也是八九不离十。多么朴素美好的山村人家啊。读时要真切自然，如临其境，无须过度渲染和强调。

江上渔者

[宋]范仲淹

江上往来人，
但爱鲈鱼美。
君看一叶舟，
出没风波里。

但：只。爱：喜欢。鲈鱼：一种头大口大、体扁鳞细、背青腹白、味道鲜美的鱼。君：您。一叶舟：像漂浮在水上的一片树叶似的小船。出没（mò）：若隐若现。指一会儿看得见，一会儿看不见。风波：波浪。

《江上渔者》写江上来来往往饮酒作乐的人们，只知道品尝味道鲜美的鲈鱼，却从来也不关心打鱼人出生入死、同惊涛骇浪搏斗的艰辛与危险。

"江上""风波"两种截然不同的环境，"往来""出没"两种截然不同的动态，在强烈对比中，反映了渔民劳作的艰辛，更唤起人们对民生疾苦的同情。

这首诗押仄声韵——美，里。

诵读

这四句诗描绘了两幅画面。两幅画面之间看上去并不相干，但内里却有着深刻的联系。朗读时要充分再现画面的情景，更要从对比中道出它们的内在联系，从而揭示作品的内涵。

前两句写的是水产码头。靠着江边的码头，人来人往，交易繁忙，但作者只突出其中的一个镜头——鲈鱼。不论是采购贩卖的，还是坐食品味的，兴趣都集中在鲈鱼上，一个"但"（只）字把这一点充分强调了出来。朗读时，"江上"固然要适当描绘，但"往来"更要强调，说明人丁兴旺。第二句的"但"是最需要突出的词语，"但爱"，这么多的河鲜里，人们只爱"鲈鱼"，"鲈鱼"两字自然是重音之所在，而"美"则是对它的描绘和欣赏了，要读得稍带拖音，有滋有味。

后两句所描绘的画面完全不同了。一叶小舟在惊涛骇浪里搏斗，时而沉没，时而冒出，真是弃生死而不顾啊。读时要注意两点：一是渲染船之小与江的风波之大，突出捕鱼的危险背景；二是描绘"出没"，说明捕鱼真是以生命为代价的。

这首诗充分表达了对以渔民为代表的劳苦大众的同情，读到结尾时，一定要把这未尽的余味语重心长地表达出来。

山　中

[宋]王安石

随月出山去，
寻云相伴归。
春晨花上露，
芳气著人衣。

著（zhuó）："着"的本字，有"附着""附加"的意思。

据传，王安石小时候非常喜欢读书，有过目不忘的本领。这首诗描绘由月、云、花、露组成的春景，色泽淡雅，富有情调。特别是三四两句，写有露的春晨，人行山中，有一种被"芳气"笼罩的感觉，整个身心都受到浸染、滋润。这是视觉、触觉、嗅觉的相互作用所产生的一种似幻似真的感受，一种来自心灵的快感。这也是《山中》所流露的感情与美学趣味。

诵读

这是写诗人清晨在山中散步、浏览的一首小诗，用淡雅的色彩、幽闲的笔触勾画了一幅"春晨山中漫步"图，流露出沉浸在大自然美好景致中的无比舒畅与愉悦的心情，朗读时要把这当中的美的享受传达出来。

第一句写清晨的月，这句要读得舒缓、轻快。

第二句写返程中的云，读时要把云雾在山间东飘西荡的这种新奇可爱传达出来，这种感觉离开山景回到平地上可就没有了，要读出一些新奇和神秘来。

第三句写山中的野花，并带出花朵上凝结的露珠，这如同画面中的特写镜头了，由花到露，要读得细腻、真切，前面的"春晨"在点明时间，也要读得明白。

　　第四句更集中地描写花和露了。怎么写呢？另辟蹊径，借助嗅觉，写它们的香气。春天清晨带露的花是香气袭人的，那么清新，那么鲜活，迷漫在空气中，简直是"附着"在人们的衣裳上，何等地让人陶醉。这沁人心脾、滋润全身的感觉，似幻似真，把诗人和读者都笼罩在大自然的美好环境中了，读时要把这种陶醉感传递出来，缓慢、深入、依依不舍。

夏日绝句

[宋]李清照

生当作人杰，
死亦为鬼雄。
至今思项羽，
不肯过江东。

人杰：人中的豪杰。汉高祖曾称赞开国功臣张良、萧何、韩信是"人杰"。鬼雄：鬼中的英雄。项羽：秦末时自立为西楚霸王，与刘邦争夺天下，在垓下之战中，兵败自杀。作者认为他可以称得上是一位"鬼雄"。江东：项羽当初随叔父项梁起兵的地方。

活着要做人中的豪杰，哪怕是死了也得做鬼中的英雄。而当今朝廷的人呢？面对敌人的进攻，只想着逃过长江，保住小命。这怎能不让我怀念西楚霸王项羽，他可是宁可自杀也不肯退回江东的啊。

有谁能想到，这样一首高亢激烈，充满正气的诗歌竟然是出自一位女子之手。她正是著名女词人李清照。

著名女词人李清照是宋词婉约派的杰出代表。诗写得不多，却很有内容。尤其是这首短诗，怀古讽今，发抒悲愤，反映了广大百姓的心声，极为难能可贵，因而近千年来得以广泛流传。我们朗读时要把诗中的豪壮气概传达出来。

一上来两句，就掷地有声地提出了为人的标准，从生死观上作出了鲜明的判断。人人都有一生，人人也都有一死。生，应当成为"人杰"，人中的豪杰，

像汉朝开国元勋张良、萧何、韩信那样，做出一番事业。死，则要死得其所，为国为民献出生命，成为鬼中的英雄。两句以"生""死"对照，读时要强调；"人杰"和"鬼雄"，更是鲜明的对仗，相互补充，完整地道出了诗人的生死观念。读时，两句一上一下，直截了当，鲜明有力，要读出浩然正气。

接下来两句，以英雄项羽为例，对前述生死标准作具体阐述了。这里是借古讽今。由于人们对项羽的生平熟悉，是一个熟典，所以诗人只用两句，便抓住项羽自刎前的选择和判断，高度概括地阐明了作品的主题。

李清照和广大百姓一样，饱受外族侵略欺凌，家破人亡，颠沛流离，她是多么希望能出现像项羽那样的英雄，宁死不后退，抵御强敌，拯救人民于水火之中。李清照这首诗，其实就是一篇时事评论，对统治者作出了有力的批判，代表人民发出了对英雄的向往与呼唤，要读出对历史的深思，要读得义正辞严。

儋 耳 山

［宋］苏 轼

突兀隘空虚，
他山总不如。
君看道旁石，
尽是补天余。

儋（dān）耳山：海南儋州的主山，此诗为作者被贬儋州时所作。突兀：高耸，高低起伏的样子。隘（ài）：狭窄。隘空虚：使天空都显得狭小了。补天：出自《列子·汤问》，当年女娲曾炼五色石补天，是一个神话故事。

海南岛在历史上曾经是一个蛮荒之地，当年大文豪苏轼获罪就被贬到这里。苏轼是一位达观豁达的人，在海南的日子里，写下许多诗句，《儋耳山》就是其中的一首。

高高的儋耳山啊，多么不一般。你看那山道旁的石头，都不是等闲之辈啊，那是当年女娲补天余下的五色石呀。

纵有补天之才，奈何被弃之不用？被贬到蛮荒之地的苏轼以石自比，为自己空有一腔热忱却报国无门而遗恨。

儋州有一座儋耳山，突兀高耸，苏轼以它为题，结合女娲补天的神话故事，有感而发，写下了这首诗，表达了他的遗憾和愤懑。读这首诗，首先要通过对时代背景的了解，掌握它内涵的丰富内容，不要简单地读成写景诗。

前两句写儋耳山，写出了它的突兀险峻，与众不同。由于它的阻挡堵塞，

连天空都显得狭小了。读时要用较高的语调、惊险的语气，渲染儋耳山不同寻常的气势。上句上行，描绘它的高耸险峻，下句回落，慨叹它高过"他山"，不可小视。

前两句是大画面，写了儋耳山的全景与特色，接下来的两句，把镜头逐渐推向路边，对着石头拍摄下鲜明的特写，石头才是这首诗的主体。读时，"君看"要作停顿，吸引人们对它的关注。

是啊，山道旁的石头可不是等闲之辈，它们是当年女娲补天时用剩下的五色石，有补天之才，绝不可小觑于它啊。补天之石为何不予重用？被抛弃到这荒山野岭，岂不令人费解，岂不令人抱憾？上天也太不公正、太不妥当了。苏轼在这里以石自比，道出了自己空有报国之心却不被重用的遗恨。读时，"尽是"要强调，以说明不是个别的现象，待停顿以后，高声读出"补天余"，以表达对这些石头的同情和愤懑，"补天"两字更要突出，以表达对它们不同凡响的才华的赞许。

竹下把酒

[宋]黄庭坚

竹下倾春酒，
愁阴为我开。
不知临水语，
更得几回来！

把酒：手执酒杯。倾：倒。愁阴：忧愁。开：扫开，扫去。

黄庭坚，号山谷道人，北宋知名诗人，著有《山谷词》，书法亦能独树一格。他是当时的文坛领袖、大文豪苏轼的得意门生，与秦观、晁补之和张耒一起，被称为"苏门四学士"。

酒在我国历史文化长河中，不仅仅是客观的物质存在，更是一种文化象征。酒让人痛苦，也让人依恋。黄庭坚的这首《竹下把酒》，同样也有这样一种文化意象在诗里。忧愁烦恼之际，诗人来到在水边的竹林下，大喝春酒，顿觉酣畅，一扫愁容。略带酒意的他，不禁要问：不知以后还有没有这样的竹下把酒的机会？

诵读

第一句上来就写饮酒的场面。在竹林深处，又恰逢春天，倾倒美酒畅饮，何等酣畅痛快。这里未交代是独自畅饮还是与朋友欢聚，但那已经都是次要的了，只要有美酒品尝，便能让人满足，便是好事一桩。这句要读出饮酒的快意，要让人感到一种满足与得意的感觉。

第二句进一步开掘饮酒的收获。原本还是愁容满面，几杯美酒下肚，立即替"我"把愁云扫开，把快乐召回，多么让人高兴啊。"愁阴"要读得低沉忧伤，"为我开"要与它形成对比，往高处挑，读出得意的情怀。"开"字要敞开读，读出兴奋和愉快来。

第三句语气有所转折。沉浸在酒中已略有醉意的诗人，朦胧中不禁想到：下一回不知什么时候再痛饮啊？今朝在水边、在竹中，尽情享用，下一次什么时候再来啊？这一带着醉意的一句发问，是不知不觉之中发自内心深处的，充分表达了对今后继续痛饮的强烈渴望和追求。"更得几回来"五字，读时可断断续续，不那么流利顺畅，以表现诗人此时真诚真意的醉态。

和圣俞百花洲（其二）

[宋]欧阳修

野岸溪几曲？
松蹊穿翠阴。
不知芳渚远，
但爱绿荷深。

和（hè）：唱和，和答，附和的意思。渚（zhǔ）：水中小块陆地。

在传统诗学里，"和诗"是由两首以上的诗组成，第一首是原唱，接下去的是和诗。讲究押同样的韵，有步韵、依韵、用韵等形式。

圣俞是欧阳修的朋友，梅尧臣的字，他擅长写诗，他的诗为欧阳修所喜欢。这首《和圣俞百花洲》就是欧阳修的和诗。

乘一叶小舟，在弯弯曲曲的溪上荡漾。林间小路隐没在绿阴之中。不去寻找那繁花似锦的绿洲，只愿到荷叶繁茂的地方，去领略那一片浓绿。

一汪清水，一片浓绿，清幽深邃的意境，引发人们无限的遐想。

诵读

第一句描写百花洲旷野上弯弯曲曲的小溪。诗人乘一叶小舟，沿着曲曲弯弯的河岸，在溪上荡漾。要读出溪水及两岸自然天成的野趣。

第二句写松林里沿溪踏出的小路，穿过浓烈的树阴，隐没到松林的深处去了。要读出绿阴的浓密和穿行的舒畅，让人感受到大自然的美好。

第三句，画面更扩大了，视线触及远处的小岛。但这些被称为"渚"的水中小块陆地，并未引起诗人的充分注意，究竟是为什么呢？要读出这个问号，读出"芳渚"之所以不吸引人的原因。

第四句一个"但"字带来了吸引人的答案，原来百花洲的水域里就开满了荷花，深不可测，层层叠叠，真是美极了，深受人们喜爱。这番对绿荷的赞赏之意，一定要读出来，读得有滋有味。

诗作最后落笔在"绿荷"上，但这之前，却以曲折的溪水和穿行的小路作铺垫，接着又以远处的"芳渚"作对比，指出不必舍近求远，洲上就有深深的绿荷招人喜爱。运笔至此，才把诗作的立意显出，才让人感到诗人构思的奇妙与委婉，读时要把四句的起、承、转、合充分地传达出来。

柳桥晚眺

［宋］陆　游

小浦闻鱼跃，
横林待鹤归。
闲云不成雨，
故傍碧山飞。

浦：诗中指河边、岸边。横林：茂密横生的树林。闲云：浮云，无雨的云，飘浮在空中，其状悠闲，故称闲云。故：所以。傍：依着、靠着。碧山：山岚苍翠貌。

陆游存诗九千三百余首，是我国现有存诗最多的诗人。他始终坚持抗金，在仕途上不断受到当权派的排斥打击。这首诗是陆游晚年蛰居故乡山阴时的作品。

陆游壮志未酬，赋闲在家的他常常到小浦"闻鱼跃"，到横林"待鹤归"以解无聊，淡淡哀愁始终萦绕在他的心头。作者又以"闲云"自喻，似闲云野鹤的生活，抒发的是怀才不遇的哀怨。诗中"小浦""横林""闲云"三个景象由近及远，表现了一种清旷淡远的田园风味，也流露出苍凉的人生感慨。

第一句写小溪边，寂静的环境连鱼儿跳跃的声音都能听到。诗人正在水边听鱼，要读出此间的安宁与清幽，语调要舒缓平静。

第二句写林中情景。茂密横生的树也是寂静无声，诗人正耐心地等待野鹤自外面飞回归林，看来一时还未必能等到。读时要比第一句更幽远，"待"字要拖长，表达诗人因太过寂寞孤独而产生的对归鹤的期待。

　　三四两句出现了新的对象，视线向空中扫去，语调可以提高些。可是，天上的云并不含有适当水分，只会东飘西荡，酿不成雨，打不破这山间的寂寞。成了"闲云"的云，只能缓缓地绕着苍翠的青山飞翔。看上去固然悠闲自在，但是细想起来，也不免孤单无聊。两句读时可由高而低，由急而缓，强调"不成雨"的追求破灭后，轻声慨叹傍山飞的空虚和遗憾。

　　在描绘出清幽画面的同时，更要流露出人生处境的苍凉感慨，是读好本诗的关键。

葵

[宋]刘克庄

生长古墙阴，
园荒草树深。
可曾沾雨露，
不改向阳心。

阴:阳的反面。曾:曾经。沾:浸湿。

本诗为《记小圃花果二十首》中的一首。向日葵,即使生长在古墙角背阴处,即使埋没在荒园杂树野草里,即使不曾受到上苍雨露阳光的眷顾,可你随日而长,依然不改向阳的本性!

诗的前半部分状物,后半部分议论。恶劣的生存环境与不计条件的忠贞,无情的冷落与无比的忠心,鲜明的对照,巧妙的议论,极其有力,极为深刻。诗歌告诉人们:要像向日葵,即使置身于黑暗之中,也不要改变对生活的热爱。

诵读

这首诗具有宋诗有别于唐诗的显著特点:通过形象的描述,阐明深刻的哲理。同时,它又是一首讽喻诗,以物喻人,要人们学习向日葵的向阳本性。掌握这两点,才能读好这首诗。

葵的生长环境是欠佳的,甚至可以说是恶劣的。读前两句时,要绘声绘色,把环境的阴暗、潮湿、荒芜、杂乱……一一交代出来。语速是缓慢的,语调是低沉的,语气里饱含着怅然的叹息。

然而,对恶劣环境的叹息是一般人的见识,作为主人公的葵花却并不抱怨。不仅不抱怨,它甚至坚持到底,不改初心。

第三句是个问句,"可曾"其实是"不曾",因为从上面描述的情况看,葵实在不曾承受多少阳光雨露的抚育,没"沾"过多少光。那么,照常理,它应当抱怨了,应当不满了,应当向阳光雨露去争取较好的条件了?

不,全然不是这样。葵出人意料的是,依然"不改向阳心",始终坚持着心向朝阳、初衷不改,这一番忠贞之心多么令人感动。恶劣的环境、无情的冷落,都难以动摇坚贞的忠心,难以改变对信仰的追求,这难能可贵的品质,不值得我们每个人学习吗?最后一句要读得响亮、坚定,读出向日葵的崇高信念。

华　山

[金]王特起

三峰盘地轴，
一水落天绅。
造化无遗巧，
丹青总失真。

华山：中华文明的发祥地之一，自古就有"奇险天下第一山"的说法。三峰：南峰、东峰、西峰，三峰鼎峙，人称"天外三峰"。天绅：自天垂下之带，多形容瀑布。造化：指自然界。遗巧：未尽其巧。丹青：画，绘画艺术。

华山，以其神奥的雄姿灵气，吸引了古今数千年多少文人墨客。金代王特起的这首《华山》小诗，赞颂华山风光奇险，天杰地灵，令丹青高手难以描摹。据说，诗一问世，便得到金代文坛巨擘赵秉文（闲闲公）的高度肯定。"闲闲公"屡屡吟哦此诗，以为甚妙。

诵读

西岳华山以奇险著称，这首诗就是基于它的神奇而写成的华山全景图，读时一定要读出它神奇的气势。

一座高耸的大山，景点不计其数。但诗人从大处着笔，只抓住两样东西，我们先要把这两样东西，用语言传神地描绘出来。

一是峰。高山是由许多峰峦组成的，华山就是南峰、东峰、西峰，"三峰"鼎峙，被人们称为"天外三峰"。高耸的三峰不是随意生成的，诗人用了一个"盘"字，描写它们是围绕着"地轴"——地球的轴盘旋而上，直伸展到青天之外，屹立于宇宙之间。读时，这个"盘"字要高起、拖长，显示它的突兀和旋转，"地轴"也要读出它的广度，有着全球的视野。

二是水。山水山水，山因水而奇。诗人用了一个"落"字，我们要读出瀑布神奇的势头，读出它奔腾而下的气势。"天绅"是重音所在，绅是带子，但这带子却是上天制作，撒向人间，不同凡响，读时要有赞叹的口气。

接下来的第三句，一上来就用了"造化"一词，造化指的是大自然，同时也指非人工的神奇的制造者。华山就是造化制作的，非人力所能及，甚至非人工所能想象。它是那样完美，没有遗留下什么缺失和遗憾，面对它，人们只有神往和赞叹，读时要强调"无"字，以示判断有力。

第四句把笔锋转到人间，"丹青"指绘画艺术，我们在观看有关华山的美术、摄影等艺术作品时，倒会有这样那样的不满，那可怪不了华山，是那些艺术家没有能耐，再现时失了真了。这一对比再次显示大自然的神奇，语气中可稍带一点调侃和幽默。

咏 月 夜

[宋] 蓟北处士

水底有明月，
水上明月浮。
水流月不去，
月去水还流。

赏析

《咏月夜》也是一首和诗，又名《和水月洞韵》。

"象山水月"是桂林山水一大奇景，此诗为水月洞摩崖石刻中著名的诗句。诗句生动形象地描绘了月夜里，桂林象鼻山水月洞天上、洞中、水底月亮相互辉映的奇景。

"水底有明月"，水中倒影着天上的明月；"水上明月浮"，水月洞形如一轮明月，浮于水上；"水流月不去"，漓江流水潺潺，而带不走水中的月亮。"月去水还流"，当天上的月亮隐去，漓江水依然流淌，水月洞如月的倒影，也不会消失。

第二句末字"浮"，在现代汉语音中读"fú"，与第四句末字"流"不押韵。但在古代的平水韵中属于"尤"部，读音相当于"fóu"，与"流"在同一韵部，读起来是押韵的。

诵读

本诗第一句"水底有明月"，是说水中倒映着天上的明月，如同水底下也有一轮明月一样。要读出水中映月的明净、皎洁，充满新奇、喜悦的语气，轻轻的，缓缓的，品味着宁静中的美景。

第二句就比较复杂了。明月映水，当然是浮在水面上，但是还远不止于此。要知道，盛着这一池水的是一个洞，而且，这洞的形状就像一轮明月。这样，这幅画面上就浮起了两轮月亮。大的是洞，如同一方水塘；小的才是月的倒影。因此，读时一定要读出发现的奇特和惊喜。"明月"一词要读得慢，读出两层意思来。

水月洞的水是流动的，但只要月亮不落，不管水怎么流，月亮总是不会被冲走，总是不会离去。第三句要读得平稳，交代得实在。

第四句是说月亮落下去了，但流水不受任何影响，仍旧是畅流不断，而水月洞更不会消失。这句要着眼于水、洞与月的关系，说明它们合在一起可以成景，各自分散也不互相影响，整个世界就是这么构成并运转的，充满了和谐与安定。

登 泰 山

[明]杨继盛

志欲小天下，
特来登泰山。
仰观绝顶上，
犹有白云还。

泰山：古称"岱山""岱宗"，春秋时改称"泰山"。

古人云："孔子登东山而小鲁，登泰山而小天下。"作者因为有"欲小天下"的志向，所以特地来登泰山。登上泰山绝顶之后抬眼望去，泰山顶上更有白云悠悠。泰山之巅，白云悠然来去，那是何种境界？这分明在告诉读者：山外有山，天外有天，人上有人。

是的，人的眼界受客观条件的限制，我们也许不曾认识到某一境界之外更有无穷无尽的境界。把哲理蕴含在境界里，令人品味、令人体悟。诗的高远、脱俗可见一斑。

全诗分两部分。前两句写登山前的心理准备，后两句写登上后的体会与感悟。

诗人是怀"志"登山的。什么"志"呢？"小天下"。登高望远，眼界大开，拓展胸襟，就能把天下都看小了。这就是诗人登山的目的，也是他登山的心理准备。读时，一上来的"志"，当中的"小"，第二句里的"特"，都要予以强调，因为它们都紧扣着登山的目的。特别是那个"小"字，它是个形容词，这里作意动用法，以"天下"为小，把"天下"看小了。一定要读得着力些，拖得长一些，还不能和后面割断，以表示还带着宾语。"登泰山"是点题的文字，要交代清楚。

满怀壮志攀到"绝顶"上，看到了什么呢？诗中既未写一路纵观所见，也不写山顶俯视所得，而是选择了一个独特的角度——仰视，仍旧再望高处看，看看泰山上面还有什么？

果然，山顶之上还有物件，白云就是一项。它高高地飘浮在泰山顶端之上，任意往还，不计东西，何等悠然自得，何等潇洒随意。而白云之外，不还有日月星辰和无尽的宇宙吗？真是山外有山，天外有天啊！

朗读时，要把诗人所揭示的宇宙无限的境界读出来。"仰观"读得慢些，"绝顶"要强调，"上"不要读轻声，可以用力上挑，"犹有"后有一空白，再着力描绘"白云还"。

除夜宿太原寒甚

[明]于　谦

寄语天涯客，
清寒底用愁。
春风来不远，
只在屋东头。

寒甚：即甚寒，很寒冷。天涯客：居住在远方的人。底用：何用。屋东头：这里是说春天解冻的东风已经吹到屋东头，意思是春天已来得很近了。

本诗作者于谦，明朝杰出的政治家、军事家，民族英雄。作者除夕夜在太原独自一人，当时的天气非常寒冷。但即使窗外天寒地冻，于谦却要告诉远方的友人，这只是"清寒"而已，根本不用发愁。春风也并不遥远，就在屋的东头。

诗中的"寒"也似一种象征，在面对困难与挑战时，于谦表现出乐观向上的人生态度，值得我们学习。若干年后，明朝经历土木堡之变，瓦剌军队兵临北京城下，于谦不畏强敌，成为明朝的中流砥柱，力挽狂澜，终成一代名臣。《明史》称赞他"忠心义烈，与日月争光"。

除夕寒夜，凄冷异常。不能与家人团圆的诗人在孤独寂寞之际，想到的不是自己和家人，而是想到了众多漂泊天涯、万里为客的游子，他们或许比自己的处境更孤寂、更苦寒吧？诗人本着兼济世人的博大胸怀，感到有必要对这些游子进行安抚和宽慰，于是写下了这首诗，读时一定要把握住明确的对象，有

目的地与听者沟通、交流。

第一句一上来就挑明以上讲到的写作意图：我这话是对广大"天涯客"说的，你们都听到了吗？读时要流露出亲切感、对象感，"天涯"二字重读。

第二句，核心意思开始了。告诉你们，现在这般寒冷啊，只能算是"清寒"，还够不上浓重呢，何必要发愁呢？不用发愁嘛。"底用"要突出疑问语气，充分起到解释和劝慰的作用。

接下来的两句就更深入了。眼前这番寒冷不仅算不得严重，而且还维持不久，和暖的春风就要刮过来了，不远了，听，好像就在"屋东头"，只是一墙之隔了啊！他这番颇有点浪漫的想象和描述，给了人们极大的鼓舞和感染。一定要读得形象、实在，充满自信，用质朴无华、明白流畅的语言表达出不畏艰难，坚信美好前途的乐观情怀。

画*

[清] 高　鼎

远看山有色，
近听水无声。
春去花还在，
人来鸟不惊。

 赏析

色：颜色，也有景色之意。惊：吃惊，害怕。

这是一首谜语诗：远看山色分明，近听流水无声。春去花不凋零，人来鸟不惊飞。谜底自然就是诗的题目——画。画上有山有水，有花有鸟，给人以山水相衬、鸟语花香的美感。这首诗的最大特点还在于对文，把意义相反或关联的词句相对成文。你看："水"对"山"，"鸟"对"花"，"来"对"去"，"近听"对"远看"，"无声"对"有色"，"近听水无声"对"远看山有色"，"人来鸟不惊"对"春去花还在"，从单字到双字的应对，再到整句的相对，读起来声韵协调，节奏一致，美妙极了。

诵读

这是一幅画，其实也是一则谜语。画中有山、水、花、鸟，但并未构成画面。诗人的立意也不在这画面本身，他是通过自然景物和图画的比较来阐明画的特点。读时要抓住这一比较带来的情趣，以稍带玩笑的语气传递出作者观赏画作时的愉快。

先写山，是远景，有色彩，同自然界一样。从视觉角度看，没什么问题。读时可平缓些，"有色"是重音。

后写水，是近景了，但听不到水流动的潺潺声，那就不是真实的景致了。调动了听觉，找出了问题。读时，"水无声"要强调，读出疑惑的语气。

再写花。眼前的花存在着，像真的一样。但若从季节的角度考察，那就不对了。春天已经过去，而这些只在春天才开放的花怎么不败呢？读时要读出大惑不解的语气，要强调"去"和"在"两个词的矛盾。

最后写鸟。鸟本该是怕人的，人一靠近，鸟就受惊飞走了。但是，这里的鸟，尽管人来了，它也不惊，仍然一动不动地停着，奇怪吗？读时，要强调"人"和"鸟"的对比，"来"与"不惊"的对比，最突出的重音应该是"不惊"，"不惊"透露了它不是真的，只是画中的。这句已是结尾了，当然还存在着疑惑，但也开始解惑了：莫非是画吗？看来是画了。语调由高回到低，语气由疑惑变为醒悟，最后归到标题"画"上去。

游 子 吟

[唐]孟 郊

慈母手中线，
游子身上衣。
临行密密缝，
意恐迟迟归。
谁言寸草心，
报得三春晖。

游子：指诗人自己，以及各个离乡远游的人。临：将要。意恐：担心。归：回来，回家。言：说。寸草：小草。这里比喻子女。心：语义双关，既指草木的茎干，也指子女的心意。报得：报答。三春晖：春天灿烂的阳光，指慈母之恩。

"慈母手中线，游子身上衣"，"线"与"衣"将"慈母"与"游子"紧紧联系在了一起。"临行密密缝，意恐迟迟归"，母亲"密密缝"是怕儿子"迟迟"难归。诗的前四句不作任何修饰，近乎白描，通过慈母赶缝衣服这一细节，道出伟大的母爱。

最后两句是作者对母爱作的讴歌。传统的比兴手法的运用，将儿女比作区区小草，母爱如同春天阳光。小草怎么也报答不了阳光的哺育。儿女又怎能报答得了无边的母爱呢？"谁言寸草心，报得三春晖"更是道出了朴素的真理，千百年来赢得了无数读者的共鸣。

前两句是一幅画，画的是慈祥的母亲正在一针一线地为即将外出的儿子缝补衣裳。由线和衣联系起来的母子之间的深厚感情要读出来，重音是"线"和"衣"，"慈母"和"游子"两词要描绘，不能匆匆带过，而语调要舒缓，语气要恳切、深情。

第三句开始，在动作描绘的同时又加进了人物的心理刻画，画面的内涵更充实了，也更细腻了。"密密缝"是一个动作，要细细读。为什么要这么密呢？"意恐"是说她担心，担心儿子不能很快回家，一定要把衣服缝得更耐穿。这一番心理活动要读出感情来，"迟迟"要拖，要强调，"归"要向下走，表达自己的担心。

最后两句是比兴手法的运用，以物拟人。"寸草"是小草，要读得轻柔，"心"既指草木的茎干，更比喻儿女的心，要读出力度。"三春晖"指春天和煦温暖的阳光，用来比喻母亲和母亲伟大的爱。读来要响亮，要有光彩。

请注意，诗人的本意是要指出：儿女的孝心是报答不了母亲的恩德的，写成诗，应该是"寸草心难报三春晖"，但现在写成"报得"，而在整句前加了个"谁言"，采用反诘的语气表达出来：谁说寸草心能报三春晖？不能的，报不了的！这一反诘要读得有力，掷地有声，令人难忘。

赋得古原草送别[*]

[唐]白居易

离离原上草，
一岁一枯荣。
野火烧不尽，
春风吹又生。
远芳侵古道，
晴翠接荒城。
又送王孙去，
萋萋满别情。

离离：青草茂盛的样子。枯：枯萎。荣：茂盛。远芳：草香远播，"芳"指野草那浓郁的香气。侵：侵占，长满。晴翠：草原明丽翠绿。王孙：本指贵族后代，此指远方的友人。萋萋：形容草木长得茂盛的样子。

《赋得古原草送别》是白居易未满16岁时的考场习作，也是白居易的成名作，是一首五言律诗。据说，白居易从江南到长安，带了诗文谒见当时的大名士顾况。顾况看到"居易"这个名字，就开玩笑说："长安米贵，居不易"。当读到"野火烧不尽，春风吹又生"这一联时，顾况大为惊奇，连声赞赏说："有才如此，居亦何难！"连诗坛老前辈也被折服了，可见此诗艺术造诣之高。

这是一曲野草颂，更是一曲生命的颂歌。诗歌通过对古原上野草的描绘，抒发了送别友人时的依依惜别之情。

"野火烧不尽，春风吹又生。"野火可畏，刹那间，大片枯草即可被烧得精光。但再猛的烈火，也奈何不了那深藏地底的根须，古原草的特性就是具有顽强的生命力，来年一旦春风化雨，野草的生命便会复苏，以其迅猛的长势，蔓延整个原野。这是野草再生的力量和欢乐啊。

虽是命题作诗，少年白居易这首《赋得古原草送别》别具一格，成为"赋得体"中的绝唱。

诵读

第一句和第二句读起来要有所区分，第一句读得开朗些、兴奋些，以上挑的语调舒展地描绘它；第二句则转为对它短暂生命的同情和叹息。两个"一"要强调，以表示短暂，"枯荣"重在"枯"，表达出对它骤然死亡的同情。

第三、第四两句来了个大转折，而且出现了全诗最精彩、最闪光的句子，一定要读出兴奋和激情来。这两句要读得昂扬有力，充满喜悦和赞赏。"不尽"与"又生"要强调。

第五、第六两句把野草的画面更扩大。它的芳香、它的翠绿，铺天盖地，延续到古道和荒城，使整个世界都充满了盎然的生意。读时要描绘，要赞赏，更要感慨，让读者一同体会它的伟大。

最后两句把思路归到送别上。在这春回大地、芳草遍野的环境里送友人远去，该是多么富于诗意，前景该多么光明净朗，当然，又多么令人惆怅不舍啊。读来要尽显依依不舍之意。

江 南*

《乐府诗集·相和歌辞》

江南可采莲,
莲叶何田田!
鱼戏莲叶间。
鱼戏莲叶东,
鱼戏莲叶西,
鱼戏莲叶南,
鱼戏莲叶北。

何:多么。田田:茂盛的样子。

这首《江南》在汉乐府民歌中具有独特的风味。这首诗的语言简洁明快,
音调回旋反复,在当年,它是可以唱出来的。

江南可以采莲的季节里,莲叶是多么的茂盛啊。鱼儿在莲叶间穿梭嬉戏,
那铺满盛开的莲叶的湖面不正是鱼儿的天堂吗?鱼儿在东西南北,自由自在,
无拘无束。它们时而潜入水底,时而浮出水面,有的互相追逐,有的静静地沉
浸在自己的世界里……多么生动的场景!

诵读

全诗只有七句,前三句是一幅采莲的画面,后四句可以把它当成唱歌时的
和声。

先看前三句。这是一幅江南采莲图,开阔的画面上出现了两样东西:莲和
鱼。莲是静态的,"田田"是个形容词,要重点描绘,读得慢些,读得有力些,拖

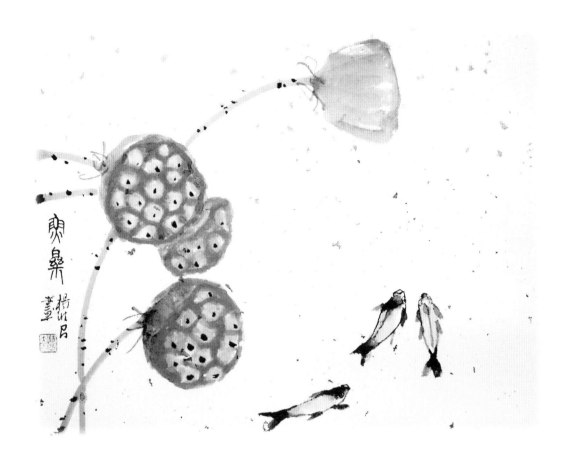

得长些，以显示开阔。"何"是一个副词，"多么"的意思，要以重音强调。莲叶中还有什么东西呢？作者只写了一样——鱼。一个"戏"字带活了整个画面，要强调，要渲染，要读出饱含其中的跳跃、欢快的感觉，可读得高些、亮些，充满喜悦感。"江南""采莲""莲叶间"，都要读得舒展些，铺开些，显示意境的开阔无垠。

　　其实，莲叶间应该还有更重要的描述对象，众多的采莲人。由于莲和鱼都是通过他们的眼睛看到的，他们是主体，交代时反而省略了。现在，对象都写完了，该他们登场了。

　　这些采莲人的形象并未出现，但从他们在东、西、南、北四个方向都能看到鱼的嬉戏这一点来看，他们是众多的。我们要通过朗读体现出来，东西南北，此伏彼起，一呼百应，互相配合。总之，可以运用齐读甚至轮读的手法，制造一个热闹、欢乐的场面。

古 朗 月 行*

[唐]李 白

小时不识月，
呼作白玉盘。
又疑瑶台镜，
飞在青云端。
仙人垂两足，
桂树何团团。
白兔捣药成，
问言与谁餐？
蟾蜍蚀圆影，
大明夜已残。
羿昔落九乌，
天人清且安。
阴精此沦惑，
去去不足观。
忧来其如何？
凄怆摧心肝。

呼作：称为。白玉盘：指晶莹剔透的白盘子。疑：怀疑。瑶台：传说中神仙居住的地方。仙人垂两足：当月亮初生的时候，先看见仙人的两只脚，月亮渐渐圆起来，就看见仙人和桂树的全形。团团：圆圆的样子。问言：问。蟾蜍（chán chú）：蛤蟆，一说古人认为月亮上的阴影像蟾蜍。圆影：指月亮。羿（yì）：我国古代神话中射落九个太阳的英雄。乌：太阳。天人：天上人间。阴

精：月。沦惑：沉沦迷惑。去去：远去，越去越远。凄怆：悲愁伤感。

这是一首乐府诗，诗以小时候印象中的月亮开始，将月亮比作"白玉盘"与"瑶台镜"，形象生动，表现出了月亮的明亮皎洁。接下来从"仙人垂两足"到"问言与谁餐"，讲述了月亮升起的整个过程，其中引用了"仙人""桂树""玉兔"这些关于月亮的神话故事中的事物，使诗歌充满了瑰丽的想象。从"蟾蜍蚀圆影"到"去去不足观"是写月亮逐步黯淡的过程，这其中夹杂了李白自己对于现实的不满，"蟾蜍"可比奸佞之人吞噬着美好的事物，诗人也渴望有后羿一般的英雄来使人间重回太平，然而美好之事越离越远，想到这真是令人忧伤不已。

诵读

李白这首诗与他的其他多篇写月的诗不同，它是一首充满着神话色彩的诗，又是一首借月喻政的讽喻诗，抓住神话和讽喻这两点，才能把它朗读好。

前八句，写作者小时候的望月，语气天真烂漫，语调欢快跳跃，充满了好奇心和幸福感。"白玉盘"和"瑶台镜"，是一上来对月亮的形象比喻，要重读，突出它的皎洁明亮，一尘不染。接下来就进入传说了，月中出现了人和物，人和物在月里有了种种动态，要饶有兴味地把这些美丽奇特的传说转述给大家，要吸引住人们的兴趣。

后八句的内容就没那么可爱了，月亮遭了难，被蟾蜍吞噬得残破不全了。第九、第十两句，要读出大的转折，语气由欢乐转为哀怨，月亮的悲剧降临得太快了，让人们怎么能不难受呢？那么，该怎么办呢？当年九个毒日作祟时，有羿出来射落了它们，使天上人间都恢复了清静和平安，如今的羿在哪里？读时语气中要充满呼唤和渴望。然而，蟾蜍的妖力毕竟不小，月亮被它糟蹋得不像样子，再也不值得一看了，我们只好离她而去了。最后两句，卒章显志，表达出对当今朝政的巨大担忧，要以强烈的谴责和呼告来结束全诗。

附录：传统节日对联

春节对联

三阳始布
四序初开
　　　　——［唐］刘丘子

新年纳余庆
嘉节号长春
　　　　——［五代］孟　昶

向阳门第春常在
积善人家庆有余
　　　　——［宋］苏　轼

春风阆苑三千客
明月扬州第一楼
　　　　——［元］赵孟頫

春随香草千年艳
人与梅花一样清
　　　　——［明］徐霞客

春风放胆来梳柳
夜雨瞒人去润花
　　　　——［清］郑　燮

圣代即今多雨露
春光即是大文章
　　　　——［清］翁同龢

心如老骥常千里
春入梅花又一年
　　　　——［民国］李济深

柏叶可延年，玉壶春泛屠苏酒
梅花浓似雪，画阁宵吟守岁诗
　　　　——［民国］徐世昌

元宵节对联

千家春不夜
万里月连宵

天上冰轮满
人间彩灯明

一曲笙歌春似海
千门灯火夜如年

万里阳和春有脚
一年光景月当头

明烛送来千树玉

彩云移下一天星

龙舟竞渡，不忘楚风余韵

诗台抒怀，更忆圣哲先贤

灯火良宵，鱼龙百戏

琉璃世界，锦绣三春

中秋节对联

月夕

霜容

清明节对联

春风重拂地

佳节倍思亲

献镜

饮羹

流水夕阳千古恨

春风落日万人思

姓在名在人不在

思亲相亲不见亲

天上一轮满

人间万家明

露从今夜白

月是故乡明

每思祖国金汤固

常忆英雄铁甲寒

月静池塘桐叶影

风摇庭幕桂花香

端午节对联

日逢重五

节序天中

占得清秋一半好

算来明月十分圆

兰汤试浴

蒲酒盈眉

天若有情天亦老

月如无恨月常圆

艾人驱瘴千门福

碧水竞舟十里欢

银汉流光，水天一色

金商应律，风月双清

重阳节对联	除夕对联
延寿	消腊
登高	迎年
黄花宴	今夕正宜听吉语
红叶诗	吾侪合制送穷文
三三令节	夜歌有酒消残腊
九九芳辰	高烛谁家候曙光
步步登高开视野	俗记吴农,分岁家家喧爆竹
年年重九胜春光	辞传楚客,迎年处处换桃符

图书在版编目（CIP）数据

开口学古诗. 一 / 过传忠, 杨先国主编. —— 上海：上海教育出版社,
2019.1
ISBN 978-7-5444-8751-1

Ⅰ.①开… Ⅱ.①过… ②杨… Ⅲ.①古典诗歌 – 中国 – 小学 – 教
学参考资料 Ⅳ.①G624.203

中国版本图书馆CIP数据核字(2019)第006337号

责任编辑　宁彦锋　王嫣斐
封面设计　周　吉
印装监制　朱国范
封面绘图　张秋波

开口学古诗（一）
过传忠　杨先国　主编

出版发行　上海教育出版社有限公司
官　　网　www.seph.com.cn
地　　址　上海市永福路123号
邮　　编　200031
印　　刷　上海中华商务联合印刷有限公司
开　　本　787×1092　1/16　印张 8.5　插页 4
字　　数　80 千字
版　　次　2019年1月第1版
印　　次　2019年1月第1次印刷
书　　号　ISBN 978-7-5444-8751-1/G·7244
定　　价　68.00 元

如发现质量问题，读者可向本社调换　电话：021-64377165